KB066284

하고 싶은 것을 하기 위해서,

오늘부터
돈독하게

하고 싶은 것을 하기 위해서,

오늘부터
돈독하게

김얀 지음

ⵡ창비
Media Changbi

프롤로그

480만 원, 연소득증명서에서 시작된 돈독

2019년 여름.

전세 만기일을 몇 달 앞두고 은행에서 대출상담을 받던 중이었다. 요즘 금리도 많이 내렸고 생애 첫 주택에, 투기 지역이 아니라면 집값의 70퍼센트까지도 대출이 가능하니 내일모레 마흔을 앞두고 작은 집이라도 마련해볼 요량이었다(2020년 6·17부동산대책이 발표되면서 부천은 조정대상지역으로 지정되어 대출조건과 한도 등에 변화가 생겼다).

"부동산은 발품"이라는 말은 또 어디서 들어가지고 몇 달 동안 동네 부동산을 부지런히 돌아다녔다. 그렇게 이 집, 저 집을 보다가 드디어 부천역 근처에 급매로 나온 13

년 된 방 세 개짜리 작은 빌라와 운명처럼 만나게 되었다.

드디어 나도 '자가' 소유자가 되는 것이냐며 부리나케 대출에 필요한 서류를 떼어 은행으로 달려갔는데 연소득 증명서를 든 은행원의 표정이 심상치 않았다.

"그러니까… 이게… 사백… 팔십만 원… 인 거죠?"

1인당 국민총소득(GNI)이 3만 달러를 넘어서고 있는 작금의 대한민국에서 480만 원이라는 연소득은 나 역시도 실로 믿기 힘든 금액이었다. 하지만 어쩌랴, 이것이 명명백백한 2018년 나의 연소득인 것을. 나는 옆 창구의 사람들이 나의 작고 귀여운 소득을 듣게 될까 봐 목소리를 최대한 낮추면서도 단호한 톤으로 변명에 들어갔다.

"아니, 제가 작년에 받은 계약금은 분명히 800만 원이었는데… 이게 왜 480만 원으로 나온 건지는 저도 모르겠네요?"

나는 작가이고, 현재 쓰고 있는 드라마가 대박이 나면

상황이 180도 달라질 수도 있다는 것을 슬쩍 어필하려는 의도였다. 내 변명을 들은 은행원의 눈빛은 '480만 원이나 800만 원이나…'라고 말하는 듯했다. 나의 예술인 고백에도 별다른 반응이 없는 프로페셔널한 은행원의 태도는 단호했다.

"아무튼, 이러면 DTI에 걸려서… 원하는 만큼 대출을 받기가 어렵습니다."

"네? D… DTI요?"

"총부채상환비율이라는 건데요. 요즘 대출규제가 까다로워져서 연소득에 대비해서 대출금액에 제한이 있어요… 그러니까 쉽게 말해서 소득을 보고 얼마까지 대출을 해줄지 상한선을 결정한다는 거예요… (답답) 혹시 근로소득 같은 다른 소득은 없으신가요?"

"예? 아… 네… 제가 작년부터는 드라마 때문에… 글만 쓰고 있는 상황이라서…"

은행원은 어쩔 수 없다는 듯 고개를 절레절레 흔들었고, 나는 받아쓰기 빵점을 받은 초등학생처럼 의기소침해졌다. 그러게 연소득이 500만 원도 안 되는 주제에 집을 사겠다고 그 난리를 쳤으니… 이게 무슨 개망신인가.

그렇게 몇 달 동안 무려 부동산 11곳을 돌아다니며 내 생애 첫 집을 보러 다녔던 부지런한 발걸음은 모두 물거품이 되어버렸다. 2년마다 짐을 싸야 하는 걱정 없이 거실 전체를 책으로 채운 나만의 공간에서 좋은 작품을 쓰겠다는 꿈도, 남는 방은 에어비앤비를 하며 가난한 여행자들의 안전한 쉼터를 만들겠다는 소망도 한순간에 사라졌다.

그리고 깨달았다.

돈은 단순히 무엇을 살 수 있는 교환가치뿐 아니라 내가 원하는 것을 할 수 있는 기회를 갖게 해준다는 것.

달콤한 꿈에 젖어 시간과 공을 들여 세워둔 나의 계획을 단번에 앗아가버린 연소득증명서를 내려다보며 나는 난생처음으로 돈에 관해 진지하게 생각해보았다.

돈. 돈이란 무엇인가.

돈. 누구도 제대로 말해주지 않았기에 한 번도 깊이 생각해보지 않았던 것.

돈. 분명 나와 함께 존재하고 있지만, 나에게는 전혀 보이지 않았던 그것.

돌이켜보면 나와 돈은 마치 잘못된 연애 관계 같았다. 나는 나름대로 하고 싶은 것을 하며 자유롭게 살았다고 말하지만, 솔직히 늘 돈에 제한당했고 일방적으로 끌려다니기만 했다. 매달 카드값이 빠져나가는 25일이 다가오면 이번 달 카드값은 또 어떻게 막을까 전전긍긍했고, 저축은커녕 벌어놓은 돈을 까먹고 있는 이 생활이 과연 언제까지 가능할지 줄곧 불안에 시달렸다. 그러면서도 예술을 하는 사람이 돈 벌 궁리를 하는 건 고상하지 못하다고 생각했다.

그렇다 해도 돈이 없어서 좋아하는 사람들에게 물질적으로나 정신적으로 베풀 수 없는 것은 괴로운 일이다. 아파트 경비원으로 일하고 있는 아빠도 이제 곧 일흔이다. 부모님 두 분 중 한 분이라도 아프게 된다면 나는 무엇을 할 수 있을까. 친구들의 결혼과 이사, 임신과 돌잔치, 친구 아이들과 조카의 생일이 다가와도 정말로 기쁜 내 마음을 그대로 표현하기가 쉽지 않았다. 무엇보다 내일모레 마흔을 앞둔 나는 어쩌면 평생 혼자 살 수도 있을 테고, 슬프게도 글

김안과 MONEY의 소개팅

쓰는 것으로 평생 성공하지 못할 수도 있다. 나는 나 하나조차 스스로 먹여 살릴 수 없을지도 모른다. 그런 생각을 하니 정말로 눈앞이 캄캄해졌다.

어쩌지? 이제 정말 어떻게 해야 할까.

밤을 새워 쓴 한 장의 편지보다 숫자 몇 개가 적힌 종이 한 장의 파급력이 더 센 자본주의 사회에서 내 한 몸을 스스로 책임지기 위해, 돈에 대해 진지하게 알아봐야겠다는 생각이 들었다. 그래, 이왕 이렇게 된 거 대문호 전에, 대부호가 되어보자. 그렇게 나만의 프로젝트가 시작되었다.

연소득 480만 원,
대문호를 꿈꾸던 가난한 예술인의 대부호 프로젝트

목표를 세운 후, 일단 내 방식대로 매일 도서관에 가서 경제신문과 돈 관련 책을 섭렵했다. 예전에는 문학 외에 다른 책은 죄다 시시하다고 생각했는데 그것은 나의 연소득만큼이나 귀여운 생각이었다. 돈의 세계는 생각보다 훨씬 넓고 복잡하고 어려웠다. 그래서 더 재미있었다.

그렇게 공부를 시작한 지 1년이 지난 지금, 현재의 월소득은 예전의 연소득에 가까워지고 있고 나는 즐거운 나의 집과 오로지 글쓰기에 집중할 수 있는 사무실을 갖게 되었다. 그리고 나는 많이 변했다.

돈 때문에 일부러 제일 싼 메뉴를 고르지 않아도 된다. 다음 달 카드값을 고민하며 전전긍긍하지 않는다. 좋아하는 작가의 책이 나오면 내 것은 물론 친구들에게 줄 것까지 기분 좋게 살 수 있다. 돈 걱정을 하며 쓰던 에너지와 시간을 온전히 글쓰기에만 집중한다. 무엇보다 이제껏 나를 도와주었던 사람들에게 은혜를 돈으로 갚을 수 있는 사람이 되었다는 것, 그것이 돈이 내게 준 가장 큰 기쁨이다.

생각만 해도 불안했던 미래와 노후. 하지만 이제 돈이란 것이 어떻게 돌고 도는지, 어떻게 하면 나와 함께 오래 머물 수 있는지에 대해 감을 잡았으므로 미래가 더 이상 두렵지 않다.

누군가는 돈독이 오른 예술가만큼 추한 게 없다고 흉을 보기도 하겠지만, 나는 이제 확실히 느낄 수 있다. 언제나 끌려다니기만 했던 돈과 내가 조금씩 수평을 맞추고 있다는 것을, 더불어 돈과 나의 관계가 조금씩 돈독해지고 있다는 것을.

돈 붙는 체질로 개선!

차례

프롤로그 480만 원, 연소득증명서에서 시작된 돈독 4

1장 몸 풀기 돈독이 올랐다

종잣돈 엄마의 씨앗돈 18

월급 200만 원의 힘 28

태도 돈에게 말 걸기 39

2장 일상 훈련 돈 독의 크기를 키워라

습관 아침에 물 한 잔 48

독서 부자들의 공통점 57

정리정돈 비우는 만큼 채워진다 64

절약 부자 멘토와 티슈 한 장 70

기록 나를 돌보는 방법 87

마음 돌보기 부자 씨앗들을 위한 멘탈 관리법 94

공복 N시간 쌓이는 건 돈, 얻는 건 건강 103

시간 관리 시계부를 써라 117

통장 일단 쪼개고 이름을 붙여라 128

파이프라인 잠을 자는 동안에도 돈이 들어온다 141

돈 독 돈 독의 크기가 곧 상상력의 크기 155

3장 마무리 운동 돈과 나 이제는 돈독한 우리

돈 믿어도 되는 존재 164

돈 선생 더 넓은 세계로 인도하는 안내자 173

글쓰기 1 지금 쓰는 사람이 작가 187

글쓰기 2 돈이 되는 글쓰기 211

승부수 스스로를 믿고 변화를 시작한다 224

세금 세무서에서 한 결심 239

에필로그 돌고 돌아 돈 얘기 245

1장

몸 풀기

돈독이
올랐다

종잣돈

엄마의 씨앗돈

1999년에 우리 가족이 '전세금으로 내 집 마련'이라는 캐치프레이즈가 걸린 울산시 울주군 외곽의 아파트로 이사를 가기 전까지 엄마는 매일 어두운 골목길을 혼자 걸었다.

오후 3시부터 새벽 2시까지 엄마는 공업탑로터리에 있는 세시봉이라는 노래주점 주방에서 일했다. 그렇게 하루의 반을 술 취한 사람들의 안주를 만들고 그릇을 닦았다. 한 달에 쉬는 날은 겨우 두 번이었다. 그 두 번을 제외하곤 귀갓길 택시비로 나오는 2,000원을 아끼려고 엄마는 캄캄한 밤길을 혼자 걸었다.

나는 당시 중학생이었고 많이 아팠다.

중2병이었다. 모두가 알다피시 중2병은 약도 없다. 그때 나는 세상이 싫었고 아빠와 선생들이 싫었고 아무튼 누구든지 다 쥐어패버리고 싶었다. 같은 병을 앓던 친구들은 우리 집에 모여 몰래 화장을 하거나, 담배를 피우거나, 야한 비디오를 보는 등 만 15세가 하지 말아야 할 것들에 몰두했다. 울산에 처음 이사 왔던 초등학교 5학년 때는 아래로 푹 꺼진 방 두 칸짜리 좁은 반지하 집이 부끄러워 친구들을 초대한다는 건 생각도 못 했지만, 우리만의 아지트가 간절해지는 나이가 되자 낮에 부모님이 안 계셨던 우리 집은 딱 안성맞춤, 부끄러울 것도 없었다.

엄마는 오후 3시가 되면 어김없이 내가 좋아하는 포도와 토마토를 냉장고에 채워놓고 세시봉으로 갔다. 그리고 일이 끝나면 택시비로 받은 2,000원을 주머니에 넣고 25분가량 밤길을 걸어 집으로 왔다. 나는 몇 번쯤 집 대문 앞에서 언니와 함께 엄마를 기다렸다. 그럴 때마다 엄마는 "추운데 왜 밖에 나와 있어"라고 하면서도 내심 좋아했다. 그게 아니라도 엄마는 정말 나를 좋아했다. 공부도 못하고 행실도 불량하고 말도 오지게 안 듣는 딸을 이상하게도 좋아했다. 엄마는 그렇게 몇 년 동안 택시비를 아껴 모은 돈으로 내가 갖고 싶다고 노래를 불렀던 컴퓨터를 사주었다.

당시에도 200만 원이 넘었던 486 펜티엄 컴퓨터. 그 대단한 것이 나와 언니가 함께 쓰는 좁은 방에 놓여 있다는 자체가 뭔가 비현실적이었다. 꼬깃꼬깃한 1,000원짜리를 모아서 저것을 샀다는 것부터 그랬다.

하루 2,000원 × 30일 = 60,000원
60,000원 × 12개월 = 720,000원
720,000원 × 3년 = 2,160,000원

실로 작은 종잣돈이 이뤄낸 기적이었다.

'그때부터 나는 과거의 행실을 참회하고 베이식(BASIC) 자격증 1급을 무난하게 패스했고 각종 컴퓨터 프로그래밍 대회에 나가 입상을 하며 어린 빌 게이츠로 추앙받기 시작했다…'라고 쓸 수 있으면 좋겠지만 아쉽게도 나에게는 그런 철딱서니와 공부 머리가 없었다. 엄마는 없는 살림에도 꾸준히 나에 대한 투자를 아끼지 않으며 몇 년째 컴퓨터 학원에 보냈지만, 베이식은 도무지 이해할 수 없는 프로그램이었고 수업은 들어도 들어도 이해가 가지 않았다. 대신 나는 타자연습 프로그램인 '한메타자교실'에 빠졌다.

한메타자는 어떠한 이해와 암기도 필요 없이 하늘에서 떨어지는 활자들을 따라 치며 베네치아 성을 구하고, 경쾌한 기계식 키보드의 감촉을 느끼며 알퐁스 도데의 단편을 똑같이 치기만 하면 된다. 그리고 일단 타자를 빨리 치면 왠지 컴퓨터를 잘하는 사람처럼 보이기 때문에 컴퓨터로 뭔가를 열심히 하는 척, 엄마를 속이기에도 좋았다. 그렇게 나의 타자 실력은 건반 위의 손열음이 되어가고, 500타의 놀라운 타자 실력은 빛처럼 빠른 486 컴퓨터를 만나 나를 PC통신의 세계로 데려갔다.

하이텔, 나우누리, 천리안. 이름부터도 저 멀리 손에 닿을 수 없는 어떤 그리움을 표현하는 듯한 PC통신의 세계. 그중에서도 PC통신의 꽃으로 불리는 채팅방은 또 얼마나 신비한 세계인가. 이제는 아지트가 없어도 전국 각지의 중2병 환자들과 만나 밤새도록 선생 욕을 하고 야한 얘기도 할 수 있다! 새로운 세상을 만난 나는 그렇게 매일 밤 사이버 꾸러기들과 키보드를 두드리다가 새벽 2시 튀김 냄새를 묻히고 돌아오는 엄마의 기척이 느껴지면 뜨겁게 달아

오른 모니터 본체를 끄며 마이크로소프트의 신입사원처럼 기지개를 켰다.

그런 사기 행각은 중학교를 졸업하고, 고등학교에 가서도 달라지지 않았다. 오히려 펜티엄 컴퓨터를 이용해 성적표를 위조하는 법을 개발하면서 학업과는 더욱 담을 쌓았다. 나의 일상이 달라지지 않았던 것처럼 엄마의 일상도 크게 달라지지 않았다. 엄마는 세시봉이 경영난으로 문을 닫게 되자 여자들이 나오는 노래방의 주방에서 저녁 7시부터 아침 7시까지 일했다. 쉬는 날은 여전히 한 달에 두 번이었다. 그렇게 받은 월급 120만 원을 아껴 엄마는 다시 10만 원짜리와 15만 원짜리 적금을 붓고 펀드에도 가입했다. 그렇게 모은 종잣돈은 나와 언니의 대학 학비가 되었다. 그 때쯤에는 나도 살짝 정신을 차려 "예술보다는 기술"이라는 부모님의 말에 치기공과로 입학했지만, 타지에서의 생애 첫 자취 생활은 어린 날라리에게 더욱 큰 날개를 달아주었다.

나는 갑자기 주어진 육신의 자유를 정신없이 씹고 뜯고 맛보며 대학 생활 내내 남자랑 놀아났다. 3년 내내 캠퍼스 커플이었고, 자취방은 최고의 아지트였다. 학교는 도서관

에 책 빌리러 갈 때, 빈 페트병에 정수기 물을 담아올 때나 들렀다. 결국 평점 3점을 못 넘기고 졸업했고 어찌어찌 사회인이 되었다. 그러고는 다시 병에 걸렸다. 일명 '젠부 이야다(ぜんぶ いやだ)' 병. 한국말로 하면 '다 싫어' 병이다. 취직을 하면 누가 마음에 들지 않는다고 때려치우고, 이건 내가 생각했던 일이 아니라고 또 때려치우고, 때로는 그냥 아침에 일어나기 싫다는 이유로 때려치웠다.

그렇게 엉망진창으로 시간을 쓰며 20대를 보내고 나니 어느새 성큼 서른이 다가왔다. 서른쯤 되면 "잔치는 끝났다"라는 걸 알아야 했지만, 여전히 어딘가에 얼이 빠져 있던 나는 "파티는 이제부터 시작"이라며 남들이 시집가고 아파트를 살 때, 서울로 올라와 친구 집에 얹혀살며 글을 썼다. 살면서 글쓰기로 상을 받아본 일도 전무하거니와 일기조차 제대로 써본 적 없는 주제에 왜 작가가 되고 싶었는지 아직도 모를 일이다.

글을 쓴다는 핑계로 백수로 지내다가 여러 사람의 도움과 하늘의 도움으로 책을 냈지만, 작가 타이틀이 밥을 먹여주는 건 아니었다. 놀랍게도 책을 내고 나니 생활은 더 힘들어졌다. 글만 써서는 먹고살 수가 없어 다시 직장을 다녀야 했고, 퇴근 후 쉬어야 할 시간에 글을 쓰느라 피곤이 쌓여 이것도 저것도 안 되었다. 힘을 내어 글을 쓰고 책을 내고, 그렇지만 망하고, 다시 아르바이트를 구하고 그래도 포기할 수 없다며 글쓰기를 반복하다 보니 마침내 벌어놓은 돈을 까먹고 사는 연소득 480만 원의 가난한 예술가가 되어 있었다.

이제 더 이상 핑계도 통하지 않는 내일모레 마흔의 나이에 이 상태로 고향으로 내려가자니 자존심이 상했다. 그렇다고 여기에 남아 있자니 대출 끼고 1억 원짜리 빌라 하나 사는 것도 내 힘으로 할 수 없는 처지… 자괴감이 밀려왔다. 그렇게 괴로워하고 있을 때 엄마에게서 연락이 왔다. 이제는 나조차도 내가 싫어질 지경인데 여전히 내가 좋다는 엄마는 그래서 모자라는 돈이 얼마냐고 물었다. 이쯤 되면 내가 얼마나 부실한 투자처인지 깨달을 법도 한데 엄마는 모아둔 돈이 있으니 얼마가 필요한지 말을 해보란다. 그런데 아니, 엄마, 잠깐만요.

아파트 경비원으로 일하는 아빠.

맞벌이 부부인 언니의 아이들을 봐주며 한 달에 받는

용돈 70만 원.

국민연금 33만 원이 소득의 전부인 엄마는 언제 또, 무슨 돈을, 어떻게 모았단 말인가.

그때 나는 말로만 들었던 종잣돈에 대해 확실히 깨달았다.

종잣돈

어떤 돈의 일부를 떼어 일정 기간 동안 모아 묵혀둔 것으로, 더 나은 투자나 구매를 위한 밑천이 되는 돈.

'더 나은 투자나 구매'라는 아리송한 목적 때문에 그래도 뭘 좀 해보려면 최소 1,000만 원은 있어야 한다고 생각했다. 나는 '1,000만 원을 어떻게 모으지? 1년에 1,000만 원을 모으려면 한 달에 80만 원은 저금해야 하잖아. 월 200만 원을 벌어 한 달 살기도 빠듯한데 어떻게 80만 원씩 모으지?' 하며 지레 포기해버렸다.

종잣돈 = 종자 + 돈

종자(種子) = 씨앗

씨앗은 작고, 싹을 틔우는 데는 시간이 걸린다.

종잣돈을 말할 때 우리가 집중해야 하는 것은 '돈'이 아니라 작은 '씨앗'이다.

엄마는 하루 2,000원을 모으려 밤길을 걷던 그 마음으로 한 달에 10만 원, 20만 원을 차곡차곡 모아 생애 첫 집을 사고 싶다는 딸에게 덜컥 3,500만 원을 내어주었다. 나는 그런 엄마의 씨앗돈을 생각하며 다시 한번 늦깎이 아르바이트생이 되기로 결심했다.

그리고 아침 7시, 출근 전 시간을 아껴 책상 앞에 앉아 키보드를 두드리며 이 글을 쓴다. 이 글 하나가 언젠가는 싹을 틔우는 나만의 씨앗이 되길 바라며, 토닥토닥 씨앗을 심은 흙을 두드리듯 소중하게 키보드를 누르며.

월급

200만 원의 힘

글을 써서 먹고살고 싶다.

내 인생의 화두. 글을 쓰기 시작했던 서른부터 서른아홉 살이 된 현재까지도 이 문장은 나의 화두다. 그 말인즉 아직까지도 글만 써서는 먹고살지 못하고 있다는 뜻이다. 슬프지만, 어쩔 수 없다. 한국뿐 아니라 세계 어디든 인세로만 먹고살 수 있는 작가는 소수다. 책을 읽는 사람의 수는 점점 줄고 도시마다 서점이 사라지고 있는 것을 보면 놀랄 일도 아니다.

그래도 사람은 희망 하나로 버티는 종족이라 나는 매일

기도한다.

　글 써서 먹고살고 싶다.
　글 써서 먹고살게 해주세요.

　'하늘은 스스로 돕는 자를 돕는다'라는 속담을 자세히 뜯어보면 한마디로 스스로 해결하라는 말에 다름 아니다. 내가 나를 돕고 있어야 하늘도 기회를 준다. 글을 쓰는 것도 마찬가지다. 자리에 앉아 글을 밀고 나가야 하는 건 나 자신이다. 오늘도 역시 포기할 수 없는 나의 꿈.
　글을 써서 먹고살고 싶다.

　글을 써서
　먹고살고 싶다.

　한 문장이 두 개로 부러진다.
　부러진 두 문장을 하나씩 곱씹어본다.

　글을 쓴다.

먹고살다.

글을 쓴다. 그래, 글쓰기는 내가 최고로 사랑하는 일이지.

먹고살다. 음… 내가 사랑하는 일을 하며 먹고살고 싶은데 지금은 그게 안 되고 있다. 그럼 무엇을 해서 먹고살지? 먹고살기만 해결하기 위한 거라면 대안은 많다. 식당 아르바이트도 있고 편의점 아르바이트도 있다. 아니, 어차피 아르바이트를 할 거면 치과로 가는 게 낫겠다. 그래도 그쪽으로는 경력이 있으니까. 그래, 치과 아르바이트를 당장 시작하자.

이렇게 나누어 생각해보니 의외로 간단하다. 예전에는 글을 써서 먹고사는 것에만 집착하고 있던 터라 그게 안 되니 너무 우울했다. 나는 왜 글을 써서 먹고살 수 없을까. 그 생각만 하면 너무 분했다.

나는 진짜 열심히 썼는데… 내 인생을 다 걸었는데… 왜 안 되는 걸까…

세상은 불공평하다. 다 망해버려라…

분통이 터지고 나를 몰라주는 세상이 미웠다. 울며 겨자 먹기로 다른 일을 하고 시간을 쪼개 글을 쓰겠다고 앉아 있으면 나 자신이 너무 처량했다.

그러나 이번에는 다르다. 내게는 목표가 있다.

"대문호 전에 대부호."

대부호가 되면 내 글이 굳이 돈이 되지 않아도 우울할 이유가 없다. 내 글이 돈이 되든 말든 나는 내가 쓰고 싶을 때, 내가 쓰고 싶은 장소에서 글을 쓸 수 있다. 그러기 위해 지금 시작하는 치과 아르바이트 일은 템퍼러리(temporary)일 뿐.

언제까지? 대부호가 될 때까지!

좋다. 그럼 다시 치과에 가서 일을 하고 남는 시간에 글을 쓰자. 피곤할 거다, 당연히 피곤하겠지. 하지만 돈이 없어 받는 스트레스는 더 피곤하다. 일단 앞만 보자. 그게 아니라도 생각할 건 많다. 치과 아르바이트생, 글 쓰는 작가, '김얀 집' 호스트, 이 세 가지 역할을 어떻게 분배하는 것이 효율적일지 집중해보자. 세상사 다 마음먹기 나름이라고, 상황은 예전보다 더 복잡해졌지만 이번에는 내가 나를 구하겠다 마음먹고 팔을 걷어붙였다. 하늘이 돕기 전에 내가 먼저 나를 돕자!

사실 이렇게 빨리 움직일 수밖에 없었던 이유가 있다. 얼마 전 은행 감정가보다도 싸게 나온 조그만 빌라를 계약해버렸기 때문이다. 잔금은 3개월 후에 치르기로 했다. 은행 대출에 엄마의 씨앗돈, 나의 전 재산까지 모두 뭉쳐 잔금을 맞춰놓았다. 하지만 생각지도 못했던 비용이 있었으니, 집 구매에 따른 취득세와 등기비, 부동산중개수수료와 법무사수수료 등이 줄줄이 비엔나처럼 달려 있었다. 생애 첫 부동산 거래라서 세금에 대한 개념이 없었다. 자, 자, 시간이 없다. 나에게는 먹여 살려야 할 내가 있다.

경력이 있기 때문에 치과 아르바이트를 찾는 일은 어렵지 않을 테니 그나마 다행이다. "예술보다 기술"이라고 운전면허도 1종 보통을 강요하던 집안 분위기 덕분에 치기공소를 시작으로 치과계에 발을 붙였던 시간이 대략 모아도 10년은 되었다. 데스크 코디네이터 업무부터 간단한 기공 업무, 상담 실장 경력까지 있으니 치과로 돌아가는 건 식은 죽 먹기라고 생각했는데, 아뿔싸…

내가 치과계를 떠나 있는 동안 나이를 너무 많이 먹어

버렸네? 요즘에는 10년이면 강산이 두 번 변한다고 한다. 글을 쓰는 작가로 서른여덟 살(2019년 기준)은 아직 걸음마를 시작한 아기라고 할 수 있지만, 치과계에서 그것도 아르바이트생으로 서른여덟 살은 남들이 부담스러워하는 나이다. 치과에서 일하는 사람들은 대부분 20대에서 30대 초반 여성이다. 나는 상관없지만 상대방 입장에서는 나이 많은 아르바이트생에게 이것저것 시키기가 아무래도 좀 부담스럽고, 나이가 많으면 경력도 많을 테니 똑같은 일을 해도 돈을 더 줘야 한다.

아니나 다를까, 집 근처 치과에서 아르바이트생을 구한다는 공고를 보고 설레는 마음으로 전화를 했지만 나이 때문에 안 되겠다며 단번에 거절당했다. 기가 막혔지만 좌절하느라 기운 뺄 필요 없다. 세상 사람 모두가 내 맘 같지 않다는 걸 이제는 아는 나이다. 일단 면접을 오라고 하는 곳이 있다면 무조건 가서 바짝 엎드리기로 했다.

Q. 원하는 날짜가 있나요?
A. 여기 치과가 제일 바쁜 날이요.

Q. 일주일에 몇 번 출근하고 싶나요?

A. 여기 치과에 맞출게요.

Q. 원하는 시급이 있나요?

A. 제가 좀 오래 쉬어서 그냥 다른 사람이 받는 만큼 주세요.

Q. 그래도 경력도 되시니 어느 정도 생각한 시급이 있을 텐
데요?

A. 없습니다. 다만 최대한 빨리 일하고 싶습니다.

그렇게 합격.

야간 진료가 있는 월요일과 수요일은 오전 9시부터 오후 9시까지 근무, 화요일과 목요일은 쉬고, 금요일과 토요일 근무. 야간 진료 날은 좀 힘들지만, 그래도 주 4일 근무라면 나머지 3일은 글쓰기에 투자할 수 있으니 나로서도 나쁠 게 없었다. 수습 기간 동안은 180만 원을 받기로 하고 바로 출근했다. 상담 실장으로 일했던 몇 년 전보다 너무 줄어든 금액이었지만, 지금은 그런 걸 따질 때가 아니다. 어차피 돈은 내 능력을 보여주고 몇 달 뒤에 재협상해도 된

다. 부자 책에서 배운 대로 남들보다 30분 일찍 출근하고, 환자가 없을 때도 여기저기 들여다보았더니 월급은 한 달이 되기 전에 200만 원으로 올랐다.

"달팽이가 느려도 늦지 않다"라는 말은 월급 200만 원이 작아도 작지 않다는 말과 비슷하다. 내 나이 서른여덟, 친구들의 월급에 비하면 작고 귀여운 금액이지만, 한 달에 고정적으로 들어오는 200만 원은 부동산 수익률로 치면 4억 원짜리 상가 건물 정도는 가지고 있어야 얻을 수 있는 돈이다(보통 부동산 수익률은 연 5퍼센트로 잡는다). 나에게는 그런 상가 건물이 없기 때문에 나의 금 같은 시간에 노동을 더해 맞바꿔야 한다는 건 살짝 처지지만… 자수성가 부자들도 다 이렇게 시작했다. 까짓 나도 한번 해보지, 뭐.

느려도 늦지 않는 달팽이가 되어 한 달, 두 달 직장 생활을 하다 보니 자연히 밤에 눈을 감고, 아침에 눈을 뜨는 루틴이 만들어졌다. 게다가 이게 웬일? 4대보험과 점심, 저녁, 간식과 커피까지 프리랜서로 지내면서 모두 내가 감당했던 비용들을 직장에서 커버해주는 게 아닌가?

그렇게 오랜만에 신나게 직장인 놀이를 하며 빌라 잔금

을 무사히 치르고, 이사를 하고, 남는 방을 하우스메이트들로 채우고 글 쓰는 시간을 만들다 보니 6개월이 훌쩍 지나갔다. 1년의 반. 짧다면 짧고 길다면 긴 시간. 6개월.

자, 여러분이 직장에서 6개월을 잘 버텼다면 이제 달팽이에게도 바다를 건너는 방법이 생긴다.

어떻게? 은행 대출을 이용한 레버리지(지렛대) 투자라는 배를 타고.

내가 처음부터 월급 10~20만 원을 더 받는 것에 목숨 걸지 않았던 이유가 바로 여기에 있다. 사실 직장은 4대보험을 내주고, 은행 대출을 받을 수 있게 해주는 것으로 나에게는 이미 그 역할을 다했다. 어떤 이는 요즘 같은 제로금리 시대에 투자는 선택이 아닌 필수라고 말하지만 우선 기본적으로 직장이 있어야 대출을 (그나마 수월하게) 받을 수 있고, 그 대출금으로 월세를 전세로 바꾸든 나만의 투자를 시작하든 할 수 있다(물론 그 6개월 동안 많은 공부가 필요하겠지만).

그러니 지금 받는 월급 액수에 너무 연연할 필요가 없다. 나도 과거에는 남보다 10만 원, 20만 원 덜 받는 것에 자존심이 무너지고 평생 이렇게 '이백충'으로 무시당하면서 살 생각을 하니 막막했다. 그 답답함과 스트레스를 보상받기 위해 이런저런 충동구매를 하게 되고, 이 충동구매가 다시 소소하게 낭비하는 재미나 습관으로 이어진다. 이런 굴레가 결국 월 200만 원의 뻔한 직장을 벗어날 수 없는 족쇄가 되는 줄도 모르고.

월 200만 원을 받아 월 100만 원 저금이 가능하면 연봉이 5,000만 원이라도 저축 한 푼 못하는 사람을 부러워할 필요가 없다. 우리가 집중해야 하는 것은 얼마를 버느냐가 아니라 얼마를 남기느냐다.

똥을 싸도 돈을 주는 직장. 세상에 이렇게 친절한 곳이 어디 있을까. 그래도 정녕 이 바닥을 벗어나야겠다 싶으면, 먼저 확실한 목표를 세우자. 그리고 3년이면 3년, 5년이면 5년, 평생 일할 에너지를 그 기간 안에 쏟아붓자. 직장 내의 라인 타기, 나를 괴롭히는 상사, 다 필요 없다. 나는 이제 몇 년 뒤면 여기에서 벗어날 것이기 때문에.

대신 퇴근 후 시간을 허투루 보내선 안 된다. 퇴근하면 호프집 대신 부동산에 들르자. 오늘 야식은 뭘 먹을까 고민하는 대신 블로그나 유튜브에서 '사이드잡'이나 '파이프라인'을 검색해 관심이 생기는 분야를 찾자. 그 분야를 집중적으로 연구해 월급 200만 원을 모조리 저축하는 기술을 연마하자.

좋은 사업 아이템이 있다면 확실한 승부수를 던지기 전까지는 직장에 발을 담가놓고 천천히 준비해서 시간을 벌어야 한다. 그렇게 공부하고 투자를 하다 보면 그때서야 깨닫게 될 것이다. 적은 돈이라도 꾸준히 들어와주는 월급의 힘이 정말 세다는 것을. 직장에 다니면서 우리가 할 수 있는 가장 큰 재테크는 불필요한 충동구매로 나갈 돈을 막고, 직장이 있어 아낄 수 있는 돈에 감사하며 미래를 위해 월급을 차곡차곡 모으는 것이다.

그러니 오늘부터는 열심히 공부하며 '어떻게 쓸까'보다 '어떻게 벌까'에 집중할 것!

태도

돈에게 말 걸기

"돈은 하나의 인격체입니다."

책에서 만난 부자들은 하나같이 이렇게 말했다. 처음에는 '이게 무슨 판타지 소설 같은 이야기지?' 하는 생각이 들었지만, 법인처럼 사람이 아닌데도 법률 주체로서의 지위를 인정받는 일들을 보면 과연 현실과 판타지의 거리는 그다지 멀지 않은 것 같다. 어떤 부자들은 또 이렇게 말한다.

"돈도 감정을 느낄 수 있습니다."

이 또한 살짝 황당무계한 이론이라 생각했지만, 돈을 공부하고 돈을 생각하다 보니 역시 영 무시할 말은 아닌 것 같다.

"돈을 좋아하고, 나에게 온 돈을 소중하게 대하는 사람에게 돈은 계속해서 찾아옵니다. 돈을 무시하는 사람에게는 오래 머물지 않습니다."

'부와 부자를 욕하는 사람은 절대 부자가 될 수 없다'라는 게 그들의 지론인데 과거의 나를 대입해보니 정말 맞는 말이었다. 과거의 나는 정말로 돈을 무시하는 사람이었다. 내가 돈을 대하는 태도가 그랬다.

"돈. 너는 아무것도 아니야." (사실은 내가 돈이 없으니까)
"세상에는 돈보다 소중한 것이 얼마나 많은데! 가족, 연인, 친구 이런 것들 말이야." (돈이 없으면 이 소중한 것들을 지킬 수가 없는데도)

그러면서 돈도 아주 펑펑 썼다. 어차피 없는데 이까짓

것 아껴서 뭐하냐며 시원하게 쓰고 다녔다. 지갑에 돈이 얼마가 들어 있는지 세어본 적도 없고, 들어오기가 무섭게 써버렸다. 누굴 만나도 쩨쩨하게 굴기 싫어서 괜히 먼저 나서서 계산하고는 "돈은 쓰라고 있는 거지 뭘 그래"라고 짐짓 쿨한 척을 했다. 그러면서 돈에게 말했다.

"돈. 너는 아무것도 아니야. 잘 봐라, 이렇게 쿨하게 써버리는 나를. 촤하하하."

그래서일까? 돈이 나에게 붙어 있을 리 만무했다. 별다른 소득이 없어도 카드값, 보험료, 주거비, 생활비, 식비 등등 말 그대로 숨만 쉬어도 나가는 돈이 매달 180만 원 정도였고, 이번 달은 좀 아껴보자 해도 150만 원 밑으로는 불가능했다. 소위 '짠테크'라 불리는 안 쓰고 안 먹기를 하자니 자신이 너무 초라해지는 것 같고, 어떻게 해야 돈과 친해질 수 있는지 감이 잡히지 않았다.

일단 '돈에게 말 걸기'부터 시작했다.부자들이 말한 것처럼 돈은 하나의 인격체니까.

자, 이제부터는 작은 돈은 어린이고, 큰돈은 어른이라고 생각하자.

어쩌다가 돈이 들어올 때면 기쁘게 인사하기.
내가 돈을 써야 할 때는 또 만나자고 인사하기.

누가 보면 '이 여자가 약간 돌아버렸나?' 할 수도 있겠지만, 외계인이 나오는 영화에도 푹 빠져 울고불고하는 게 인간인데, 딱히 돈 드는 일도 아니니 한번 시도해볼 만하지 않은가?

돈이 들어오고 나갈 때 말을 건네는 것만으로는 부족하다. 돈이 사는 집, 지갑을 정리하자. 돈 집 대청소. 나뿐만 아니라 보통 우리네 지갑은 각종 영수증과 쓰지도 않는 플라스틱 카드, 동전들로 터질 듯 빵빵하다. 모아봤자 절대 다시 보지 않는 각종 영수증과 잘 쓰지 않는 카드들은 과감하게 버리자.

지폐는 깨끗하게 펴서 액수별로 차례대로 넣고 자주 지갑을 열어 눈도장을 찍자. 이러다 보면 내 수중에 현금이 얼마가 있는지가 파악이 된다. 동전도 매번 지갑이 터질 듯이 모아두지 말고, 슈퍼에 갈 때마다 지폐로 바꿔보자(원래 내 돈이었지만 지갑에 지폐를 넣으면 뭔가 뿌듯해진다).

이렇게 돈에게 말을 걸고, 나에게 온 돈에게 친절하게 대해보자. 잘못하면 살짝 미친 사람처럼 보일 수도 있지만, 불광(不狂)이면 불급(不及)이라. 미치지 않고서는 다다를 수 없는 법이다.

나같이 학창 시절 공부도 못하고 현재 연봉이 3,000만 원도 넘지 못하는 사람이 대부호가 되겠다는 목표를 세운 것부터가 이미 미친 짓인 것을.

로맹 가리는 『자기 앞의 생』(용경식 옮김, 문학동네 2018) 이라는 소설을 빌어 말했지.

"미친 사람들만이 생의 맛을 알 수 있어."

자, 우리는 지금까지 알지 못했던 생의 맛, 아니 건강한 돈의 맛을 알아가는 중이다.

돈에게 말 걸기가 어색하지 않게 되면 다음 관문은 숫자와 친해지기다. 돈은 언제나 숫자로 표현된다. 나처럼 문과에 특기를 보였던 사람들은 대부분 숫자에 약하다. 아니,

약하다고 <u>스스로</u> 믿어버렸다. 이제는 그 믿음을 확실하게 깨버릴 차례다.

우리는 지금 돈에게 "안녕, 어서와. 네가 온다고 해서 나는 종일 지갑 청소를 했단다. 어때, 마음에 드니? 그럼 다음에는 네 친구들을 더 많이 데리고 와, 고마워"라고 인사를 하는 미친 사람들이니 이제 우리 앞에 불가능이란 없다.

"나는 원래 숫자에 약해. 계산은 영 젬병이야. 숫자만 봐도 울렁증이 나서 '키미테'를 붙여야 할 지경이거든."

이런 농담은 지금부터 금지다. 핸드폰 첫 번째 화면에 계산기 앱, 은행과 증권사 앱을 대거 배치하고 틈만 나면 들어가서 내가 가진 숫자들과 친숙해지는 연습을 해보자.

그렇게 작은 돈도 소중하게, 돈을 긍정하고, 내가 가진 돈과 자주 눈을 맞추자. 어느 시인의 시구를 빌려 말하자면,

자세히 보아야 예쁘다.
오래 보아야 사랑스럽다.
돈도 그렇다.

돈에게 말걸기

2장

일상 훈련

돈 독의
크기를
키워라

습관

아침에 물 한 잔

　부자들의 첫 번째 습관은 '독서'라고 하던데 정말로 책만 많이 읽으면 부자가 될까?

　그건 아닌 것 같다. 나도 책은 많이 읽었다(비록 문학 분야만 팠지만). 그럼 도대체 뭘 해야 "마음의 부자" 말고 실질적인 "통장 부자"가 될 수 있을까. 생각을 바꾸면 부자가 될까? 음, 그런 것 같기도 하고, 아닌 것 같기도 하고. 뭔가 아리송할 때는 사전을 보자.

생각

1. 사물을 헤아리고 판단하는 작용.

2. 어떤 사람이나 일 따위에 대한 기억.

3. 어떤 일을 하고 싶어 하거나 관심을 가짐.

1의 중심 단어는 판단.

2의 중심 단어는 기억.

3의 중심 단어는 관심.

(이럴 땐 언어영역 1등급의 실력이 발휘된다. 안타깝게도 수학은 늘 꼴등이었지만)

판단, 기억, 관심. 모두 중요한 단어들인 것 같지만 이것을 돈으로 바꾸기에는 아직 감이 잡히지 않는다. 그리고 곰곰이 생각해보면,

생각은 생각보다 생각만으로는 큰 힘이 없다.

엉덩이에 깔고 앉은 아이디어는 결국 아무런 소용이 없다는 말처럼.

그럼 대체 어떻게 해야 특별한 비용을 들이지 않고, 오직 내 몸뚱이 하나만 가지고 내 통장을 살찌울 수 있을까.

음, 지금 나의 수준으로는 도저히 모르겠다.

그럴 땐 역시 책이다. 도서관으로 가자. 도서관에 가서 제목에 부자라고 적힌 책들을 뽑아서 목차들을 쭉 훑어본다. 그러다 보면 공통적으로 나오는 단어 하나와 만날 수 있는데 그것은 바로 바로 바로,

습관.

습관? 습관이랑 부자가 무슨 상관인 거지? 다시, 아리송할 때는 사전.

습관

1. 어떤 행위를 오랫동안 되풀이하는 과정에서 저절로 익혀진 행동 방식. 늑 염습 1(染習).

예) 일찍 일어나는 습관을 가지다.

습관의 중심 단어는 행동이다.

아, 습관은 행동을 포함하고 있으니 엉덩이에 깔고 앉은 아이디어보다 힘이 세구나. 어쩐지 요즘 서점에 가면 습관에 관한 책들이 좋은 자리를 차지하고 있더라니.

자, 그렇다면 정말로 좋은 습관을 가지면 부자가 될 수

있을까? 확실한 예를 찾아보자.

1. 아침마다 달리기를 하는 습관을 가진 사람이 있다. 일본의 소설가 무라카미 하루키가 대표적인 예.
2. 아침에 일어나자마자 팔 굽혀 펴기를 하는 습관을 가진 사람이 있다. 『아주 작은 습관의 힘』의 저자 제임스 클리어가 대표적인 예.
3. 매일 아침에 일어나 신문을 꼼꼼히 정독하는 사람이 있었다. 고(故) 정주영 현대그룹 회장이 대표적인 예.

그렇다면 여기서 퀴즈 하나, 1, 2, 3번의 공통점은?
정답: 아침, 습관, 부자.

오케이, 그럼 나도 아침에 뭔가를 하는 습관을 만들면 부자가 될 수도 있겠구나! 하지만 달리기를 하기에는 밖이 너무 춥고, 팔 굽혀 펴기는 귀찮고, 신문 구독은 돈이 아깝다. 마치 "죽고 싶지만 떡볶이는 먹고 싶어"처럼 "귀찮아 죽겠지만 부자는 되고 싶어" 같은 심리랄까? 최소한의 노력으로 최대의 효과를 내야겠다 싶어 열심히 짱구를 굴려본

결과로 나온 것이 바로,

　아침에 물 한 잔.

　우선 잠에서 깨면 목이 마르고, 아침에 마시는 따뜻한
물 한 잔은 보약과도 같다고 했으니, 무리하지 말고 쉽게
가자 싶어 그것을 나의 아침 습관으로 정했다. 아침 몇 시
에 일어나야 한다는 것도 정하지 않았다. 그냥 아침에 눈이
떠지면 일단 물 한 잔을 마시자.

　뭐야, 너무 쉽잖아? 이 정도면 모든 일에 작심삼일이던
나도 충분히 할 수 있겠다 싶었다. 당장 다음 날부터 '아침
에 물 한 잔'을 시작했다.

　1. 아침 몇 시가 됐든 내가 일어나고 싶을 때 일어난다.

　2. 정수기 앞으로 간다.

　3. 전기포트에 정수된 물을 받아 끓인다(우리 집 정수기
　　는 냉온수는 안 되고 딱 정수만 된다. 저렴한 월 사용료 1만
　　6,900원이 특장점).

　4. 끓을 때까지 기다린다(2분 정도 소요).

　5. 물이 끓으면 머그잔에 반쯤 물을 따른다.

6. 나머지 반은 정수된 물로 채운다(그러면 딱 적당하게 따뜻한 온도가 된다).

7. 첫 모금은 입 안에 머금어 가글을 하고 뱉는다.

8. 두 번째부터는 보약을 마시는 것처럼 한 모금씩 천천히 마신다.

9. 한 잔 다 마시면 작전 대성공!

채 5분이 걸리지 않는 일인데, 어쨌든 계획한 작전을 성공하고 나니 굉장히 뿌듯했다. 아, 이것이 심리학 책에서 말하는 작은 성취감이라는 거구나. 이렇게 작은 성취감으로 시작하는 하루는 분 단위로 울리는 알람에 쫓겨 울상이 되어 시작하는 하루와 차이를 만들 수밖에 없다.

그렇게 시작한 '아침에 물 한 잔'은 자연스럽게 침대를 정리하는 습관으로 이어졌다. 일부러 작정한 게 아니라 전기포트에 물을 올려놓고 기다리는 시간이 지겨워졌기 때문이다. 처음에는 물이 끓기를 쳐다보며 멀뚱히 서 있었는데 어느 순간 그 2분이 엄청 길게 느껴졌다. 그래서 자고 일어나 엉망이 된 이불을 한번 쫙 펼쳐봤는데 정리된 침대를 보니 기분이 상쾌했다. 그렇게 이불을 펼치는 시간은 10초도 걸리지 않았다.

여기서 '아침에 물 한 잔' 습관의 또 다른 힘이 나타난다. 그것은 자투리 시간이 가진 힘이다. 아, 2분이라는 시간은 절대 짧은 게 아니구나. 물이 끓기를 기다리는 그 2분 동안 할 수 있는 일이란,

1. 이불 정리 (15초)
2. 세수 (1분)
3. 목 스트레칭, 깍지 낀 손 하늘로 쭉 밀어내기 (10초)
4. 방바닥에 있는 머리카락 쓸어내기 (15초)

이래도 시간이 살짝 남는다. 대박.

부자들에게는 시간이 곧 돈이다. 그렇기에 그들은 자투리 시간도 낭비하지 않는다. 나도 자투리 시간을 이용한 작은 습관을 하나 더 늘렸다. 아침에 물 한 잔 그리고 팔 굽혀 펴기. 워낙 팔에 힘이 없다 보니 몇 개만 해도 온몸에 열이 확 나면서 정신이 번쩍 든다.

그렇게 아침 자투리 시간을 이용한 작은 습관들이 이어져 출근 전에 글을 쓰는 루틴까지 만들어졌다. 누가 봐도

저녁형 인간이었던 내가 이제는 아침 출근 전에 카페에 가서 글을 쓴다. 새벽에 일어나 글을 쓰는 작가의 이야기는 많이 들어봤지만, 내가 그런 대단한 인간이 될 수 있을 거라곤 한 번도 상상해본 적이 없었다.

믿을 수 없는 사실이 한 가지 더 있다. 이제 나는 팔 굽혀 펴기를 쉬지 않고 35개까지 할 수 있다. 2분 안에 팔 굽혀 펴기 35개는 여군 체력 검정 특급 기준에 해당한다. 이쑤시개처럼 가냘프던 내 팔에 조금씩 근육을 쌓아가며 특급 군인의 기량을 만든 비결은 바로,

아침에 물 한 잔이다.

습관의 시작

독서

부자들의 공통점

대부호가 되기로 결심하고 제일 먼저 한 일은 책 읽기였다. 그럴 수밖에 없는 것이 내 주변에는 나에게 조언을 해줄 만한 부자가 없다. 일단 도서관에라도 가야 빌 게이츠든 워런 버핏이든 만날 수 있었다.

그나마 다행은 나에게 도서관이 낯선 곳이 아니라는 점이다. 나는 글을 쓸 때도 카페보다 도서관을 좋아한다. 도서관에는 사방으로 쌓여 있는 책들의 기운과 각자의 공부에 몰두해 있는 사람들의 에너지가 있다. 소음에 민감한 나는 카페보다 도서관 열람실이 좋았다. 물론 공짜인 점도 큰 이유다.

나는 도서관에 가도 언제나 열람실과 자료실의 문학 코너만 다녔고, 다른 분야, 특히 경제/경영/재테크 분야에는 전혀 관심이 없었다. 부동산이니 주식이니 재테크니 돈이니 부자니, 전부 나와는 상관없는 단어들이었고 별로 알고 싶지도 않았다. 뭐랄까. 그렇게 돈, 돈 하는 것은 왠지 천박하달까? 돈을 천박하게 봐야 예술을 하느라 돈이 없는 나의 자존심이 세워진다고 생각했던 것 같다.

하지만 이제 나는 가야 한다. 대부호의 길로. 실제로 존재하는 부자들이 나에게 시간을 내어줄 일은 만무하니, 책으로라도 만나야 했다. 그렇게 찾은 도서관의 경제/경영/재테크 분야에는 정말로 전 세계의 부자들과 각 분야의 전문가들이 본인의 경험담과 아이디어 들을 친절하게 책으로 설명해주고 있었다.

흠, 어떤 책을 어디서부터 읽어야 할지 좀처럼 감이 잡히지 않는다. 한 번에 대출할 수 있는 최대 권수는 여섯 권. 돈 관련 분야에서 나의 지식 수준은 유치원생이라고 봐도 좋으니 우선 제목에 '돈'이나 '부자'가 들어가고 쉬워 보이는 책들만 죄다 뽑았다. 그렇게 고른 여섯 권은 다 '돈, 돈, 돈, 부자, 부자, 부자.' 이대로 대출 창구로 가면 돈에 미친 여자로 보일 것 같았다. 문학 분야에서 『젊은 예술가의 초상』을 가져와 맨 위에 올렸다. 그것도 잠시, 바코드를 찍어야 하니 어쩔 수 없이 들통이 나고 말았다.

　(삑) 젊은 예술가의 초상
　(삑) 돈$#*%%^
　(삑) 돈#$%^$%
　(삑) 돈#%#$
　(삑) 부자^$#
　(삑) 부자%#$

　은행가들이 모이면 예술을 논하고, 예술가들이 모이면 돈을 논한다고 하지 않던가.
　부천의 젊은 예술가는 기필코 이 가난에서 벗어나겠다는 각오로 묘한 부끄러움을 무릅쓰고 여섯 권의 책을 백팩 가득 욱여넣고 집으로 돌아왔다. 이 과정을 반복하며 한 달쯤 지났을 때 나는 커다란 난관에 봉착하게 되었다.
　나의 장점 중 하나가 뭐든 빨리 배운다는 것인데 돈과 관련해서는 스무 권이 넘는 책을 읽었는데도 도통 오리무 중이었다. 웬만한 것들은 관련 책을 몇 권 보면 대충 감이 잡히면서 내 것으로 만들 수 있었건만(드라마 대본 쓰는 법도 그렇게 독학했다) 돈이라는 개념은 굉장히 넓고 깊었다. 무엇보다 어떤 아이디어를 직접 내 주머니에 돈으로 들어오도록 연결하는 것이 정말 어려웠다. 그나마 한 달 가까이 책을 읽으면서 건진 확실한 한 가지는 부자들이 공통적으로 독서 습관을 가지고 있다는 것이었다.

몇 년 전, 호주로 워킹 홀리데이를 갔던 때가 생각났다. 2014년 나는 한국 나이 서른셋의 늦깎이 호주 워홀러였다. 내가 있던 곳은 호주의 서부 퍼스(Perth)였는데 그때 나는 제법 많은 부자들을 만났다. 심지어 그들의 프라이빗한 공간에 매일 들어갔다. 호주에서 했던 여러 일 중에 하나가 호텔 객실 청소였고, 그 일을 처음 배운 곳이 돈 잘 쓰기로 유명한 손녀가 있는 세계적인 호텔 체인이었던 것이다.

그중에서도 스위트룸은 달콤하다 할 때 'sweet'가 아니라 'suite'로 두 개 이상의 공간이(호주의 5성급 호텔은 통상 침실 두 개, 거실 겸 응접실 하나) 있는 최고급 숙소다. 1박 요금이 최소 100만 원에서 200만 원 정도로 상위층 부자 고객들이 주로 오는 곳이었다. 그곳을 청소하는 게 주업무였던 나는 그들의 프라이빗한 공간을 아주 가까이에서 볼 수 있었다. 보통 호텔 객실 청소는 두 가지로 나뉜다.

1. 손님이 체크아웃한 뒤 빈 방 전체를 청소하는 일(일반 객실은 25분, 스위트룸은 45분이 근무 시간으로 인정된다. 초보자인 나는 45분을 넘기기 일쑤였고 어떤 날은 2시간까지 걸리기도 했지만 45분만 카운트되었다. 이런 점 때문에 세 달 정도 일하고 그만뒀다).
2. 연속으로 숙박하는 사람들의 방에 들어가서 침구류를 갈아주고 새로운 수건과 어메니티를 놓아두는 짧은 청소(이런 건 15분이 인정되는데, 방 전체 청소보다 짭짤하다).

두 번째 청소인 짧은 청소를 할 때면 그들이 지내는 방을 자연스럽게 둘러볼 수 있었다. 스위트룸 손님들의 공통점은 침대 옆에 항상 책이 있었다는 것이다. 자수성가형 부자에 관한 책에서도 매번 빠지지 않는 것이 독서 습관이다. 책 또는 신문.

가치투자의 황제라 불리는 '오마하의 현인' 워런 버핏은 회사에 출근하면 매일 500면 분량의 기업 보고서를 읽는다고 한다. 서류 500면이라면 단행본으로 두 권쯤은 되지 않을까 싶다. 그에 반해 2019년 기준, 대한민국 성인의 약 45퍼센트는 1년 동안 단 한 권의 책도 읽지 않았다. 세계 최고 부자와 우리의 격차는 이렇게나 확실하다.

그런 이유로 나는 이해가 되든 안 되든 돈 관련 책 읽기를 쉬지 않았다. 그것이 현재까지는 부자들과 나의 유일한 공통점이 될 수 있기 때문이다. 책은 도서관에서 빌려 읽고 내용이 알차다고 생각한 것만 서점에서 구입해 소장했다. 그게 아니라면 중요한 부분들을 타이핑해서 독서 파일을 만들었다. 아직은 부자들만큼 돈도 없고 똑똑하지 못한 내가 개발해낸 나만의 독서 방법이었다.

그렇게 1년 가까운 시간이 흘렀다. 지금까지 200권이 넘는 돈, 부자와 관련된 책을 읽었고 네 권의 분야별 독서 파일을 만들었다. 그런 와중에 다시 아르바이트를 시작했고, 남들보다 30분 먼저 출근해서 경제신문을 읽으며 주식 공부를 한다. 이런 변화에 도움을 준 일등공신은 역시 책이다.

책은 가장 쉽고 저렴하게 정보를 구할 수 있는 도구이자, 믿을 수 있는 답을 알려주는 선생님이다. 게다가 도서관에서는 이 모든 것을 무료로 제공한다. 돈을 공부하면서 깨달은 것이 또 하나 있으니, "세상은 우리가 생각하는 것보다 훨씬 친절하다".

책과 도서관.
이 둘은 언제나 나의 친절한 선생님이다.

정리정돈

비우는 만큼 채워진다

직업적으로 글을 쓰면서도 생계를 유지할 수 없어 직장을 다녀야 한다는 건 고단한 일이다. 남들과 똑같이 일을 하고 돌아와 다시 컴퓨터에 앞에 앉아 양질의 글을 써내야한다. 체력은 말할 것도 없고 인간관계까지, 확실히 얻는 것보다 잃는 게 많은 일이 될지도 모른다.

1. 잠깐 눈을 돌리면 몇백 개씩 와 있는 단체 채팅창의 소소한 얘기들은 읽기에도 재미있지만 묘한 소속감을 준다.
2. 주말마다 친구들과 만나 소문난 맛집을 찾아다니며

먹고 마시고 수다를 떨다 보면 확실히 스트레스가
풀린다.

3. 실시간으로 업데이트되는 보기 좋은 사진들, 나도
   뭔가 즐겁고 행복하게 살고 있는 순간을 찍어 올리
   지 않으면 안 될 것 같다. 내가 올린 게시물에 '좋아
   요'가 하나씩 늘어날 때마다 뿌듯해지면서 내 삶이
   근사하게 느껴진다.

그러나.

이 달콤한 것들은 글을 쓸 때 가장 큰 방해 요인이 된다.
글은 확실히, 고요하고 외로운 시간에서 피어난다.

버리고 비우기는 나에게서 가까이 있는 것을 돌아보는
것부터 시작했다. 그 사람의 가방 속 상태가 그 사람의 마
음 상태를 알려준다는 말이 있다. 매일 함께 외출하는 나
의 가방 안을 보니 상태가 심각했다. 칸마다 굴러다니는
펜들, 철 지난 영수증, 엉켜 있는 충전선들과 언제 넣어둔
건지도 알 수 없는 껌, 쓰고 난 물티슈… 이래서는 안 되겠
다. 가방 속을 싹 비워 탁탁 털고, 물수건으로 깨끗이 닦아

도서관에 갈 때 꼭 필요한 것들만 넣었다. 노트북, 다이어리, 필통, 텀블러, 손수건. 그렇게 준비를 하고 있으니 마치 소풍 전날 가방을 꾸리는 것처럼 설레는 마음이 들었다.

가방으로 시작한 정리는 자연스럽게 냉장고, 신발장, 서랍장으로 옮겨갔다. 그렇게 시간을 두고 천천히, 조금씩 정리하다 보니 어느새 집 전체가 말끔하게 정리되었다. 언젠가는 입을 거라며 모셔놓았지만 몇 년째 입지 않은 옷들을 헌옷 수거함에 넣었고 그나마 깨끗한 신발들은 당근마켓에 올렸다. 당근마켓에 물건을 올리는 건 재미도 있고 유익했다. 내 딴에는 꽤 값을 주고 산 것들이 5,000원, 1만 원에 팔릴 때면 무소유의 깨달음 같은 것을 느낄 수 있었다.

궁색을 덮으려 미니멀리즘을 내세우는 것이 아니라 비움으로써 얻는 것들은 생각보다 많다. 내가 집을 사고 안정적으로 셰어하우스를 시작할 수 있었던 것도 비움이 그 출발점이었다. 전세로 살던 집에 안 쓰는 방이 있어 108배를 할 수 있도록 매트 하나만 깔아놓고 깨끗하게 비워놓았는데, 친구가 이렇게 방을 놀릴 바에야 에어비앤비라도 해보라고 권했기 때문이다. 그 말을 듣고 연습 삼아 에어비앤비

사이트에 등록했는데 정말로 누가 예약을 해버렸고, 그 게스트를 시작으로 마침내 내 방까지 내줘야 할 정도로 성공적인 슈퍼 호스트가 되었다.

그렇게 나 혼자 지내던 집은 각국에서 온 게스트들로 채워져 항상 북적거렸고, 덕분에 거실 한편에 파티션을 치고 지내던 나는 아침이면 도서관이 됐든 카페가 됐든 어디든 나가야 했다. 때로는 하루 1만 원을 벌려다가 오히려 버는 것보다 쓰는 게 더 많겠다는 생각이 들 때도 있었지만, 집 말고 다른 곳은 아무래도 누울 수가 없으니 억지로라도 의자에 앉아 글을 쓰게 된다는 장점도 있었다. 프리랜서로 집에서 일을 하는 사람들은 알 것이다. 침대에 잠깐 눕는 순간 그날 하루가 그대로 끝나버린다. 작업을 하려면 어디로든 나가는 게 좋다. 집을 나서면 좋은 또 한 가지는 걷게 된다는 것이다. 글의 소재를 생각하며 걷든 아무 생각 하지 않고 그냥 걷든, 그렇게 두 다리로 땅을 밀고 앞으로 걸어 나가는 것만으로도 새삼 기분이 맑아진다.

아무튼 나는 에어비앤비를 한 덕분에 밖으로 나가게 되었고, 글에 더욱 집중하고, 집을 살 생각을 하고, 돈 공부를 시작하고, 지금은 이렇게 돈에 관한 글을 쓰게 되었다.

아무리 그래도 작가가 어떻게 자기 방도 없이 살 수 있냐고 말하는 사람들도 있다. 아마도 그들 중에 모든 걸 걸고 글을 써본 사람은 없을 거다. 정말로 원하는 것이 있다면 '아마 안 될 거야'라는 그 생각을 먼저 버려야 한다. 대신 '어떻게 하면 될 것인지'를 고민하면서 앞으로, 앞으로 걸어갈 것. 내가 집 밖을 걸으며 제일 많이 했던 생각이다.

정리 정돈

절약

부자 멘토와 티슈 한 장

그런데 대체 자산이 얼마나 있어야 '부자'라고 할 수 있을까?

나 나름으로 조사를 해본 결과 한국에서는 보통 금융자산이 10억 원쯤 되면 문자 그대로 '부자'의 줄에 섰다고 본다. 대다수 한국 부자들의 자산이 부동산에 집중되어 있기에 금융자산 10억 원이라 함은 총자산이 못해도 최소 20억 원쯤은 된다고 보기 때문이다.

부채를 뺀 총자산이 20억 원 이상이 되면
그때부터 돈으로는 대한민국 상위 1퍼센트다.

금융자산 10억 원.

이게 정말 내 생에 가능할까 싶은 금액이기는 하지만 나도 부자가 되겠다고 결심했을 때의 목표가 다름 아닌 금융자산 10억 원이었다. 마흔다섯 살까지 10억 원 모으기.

자, 그럼 금융자산 10억 원을 가진 진짜 부자들의 이야기로 들어가보자.

내 주변에도 부자가 한 분 있다. 내가 직접적으로 아는 유일한 부자인 그가 바로 나의 부자 멘토다. 그분의 정확한 재산은 나도 모른다. 그는 현재도 순수입이 월 1,000만 원 이상인 전문직 종사자이고, 나보다 20년 가까이 더 살았으니 금융자산 10억 원 정도는 충분히 있을 거라 짐작한다. 무엇보다 그가 평상시 돈을 대하는 태도를 보면 확신할 수 있다.

아쉽게도 우리는 직접적으로 돈 얘기를 해본 적이 없다. 그는 치과 의사이고 나는 그 밑에서 일하던 아르바이트생이었으니 우리가 돈을 벌고 모으는 방식이 같을 리 없고, 당시 나는 돈에 관해서라면 걱정밖에 할 줄 모르던 가난한 예술인이었다.

우리가 처음 만난 건 2016년이었다. 내 모든 것을 걸고 쓴 『바다의 얼굴 사랑의 얼굴』(달 2016)이 참패한 직후였고 나는 내 인생 최고의 고통을 견디고 있었다.

바다의 얼굴, 사랑의 얼굴.

일명 바.얼.사.얼.

쓸쓸했던 나의 유년 시절과 내가 사랑했던 연인에 관한 이야기.

네이버 평점 9.7

안 읽은 사람은 있어도 한 번만 읽은 사람은 없다는 책. 나의 문학 멘토 윤대녕 작가님도 "대단히 문학적이다"라고 극찬한 나의 첫 자전 소설. 나는 이 글을 쓰고 허물을 벗은 뱀처럼 새로운 사람이 되었지만 결론은, 안 팔렸다. 초판으로 찍은 2,000부도 다 못 팔았으니 쫄딱 망했다고도 할 수 있겠다.

내 이름을 단 책이 두 권이나 세상에 나왔지만 생활은 더욱 곤궁해졌고 서른다섯에 나는 결국 부모님 집으로 다시 들어가야 했다. 물론 많이 팔겠다고 쓴 책은 아니었지만 내 모든 힘을 다해 썼던 작품이 독자들의 선택을 받지 못했을 때 받은 상처는 정말 아프다. 함께 애를 썼던 출판사 분들에게도 죄송한 마음이었다.

　게다가 더 큰 문제는 다음 기회를 얻지 못할 수도 있다는 불안감이었다. 어떻게든 정신을 차리고 다음 책을 출간하기 위해 여러 출판사에 투고를 했지만 모두 거절당했다.

　글쓰기는 내가 유일하게 자신 있는 일이고, 유일하게 하고 싶은 일인데, 이제 기회도 얻지 못할 판이었다. 상심이 깊었던 나는 한국을 떠나기로 결심했다.

　하지만 어디로 떠나려고 해도 돈이 필요했다. 자고로 옛말은 하나도 그른 것이 없다. 움직이면? 돈이다.

　나는 빨리 집을 벗어나야 했다. 아빠는 서른다섯이나 먹고서도 결혼은커녕 이리저리 떠도는 딸을 꼴도 보기 싫어하는 티가 역력했다. 나 역시 나를 달갑지 않게 생각하는 사람과 살고 싶지 않다. 그렇게 틈만 나면 서로 날을 세우는 아빠와 나 사이에서 제일 고통받는 건 엄마였다. 절이 싫으면 중이 떠나라고 내가 출가를 할 수밖에 없었다.

　어디로 떠날 비행기값이라도 벌려면 아르바이트를 해야 했는데 한두 달 단기 아르바이트를 찾기란 쉽지 않았다.

3월부터 5월은 치과의 비수기다. 그렇다고 무작정 집에 있자니 가시방석, 도서관을 떠돌며 글을 쓰자니 돈 걱정 때문에 머릿속이 캄캄했다. 말 그대로 사면초가의 상황이었다.

그때, 사방에서 들리는 초나라의 노래를 뚫고 전화벨이 울렸다.

아는 동생이 다니고 있던 치과에 내 사정을 얘기했더니 원장님이 한번 와보라고 했다는 것이었다. 그 치과는 그 일대에서 환자가 많기로 유명했다. 마침 근처 도서관에서 글을 쓰고 있었던 터라 당장 자리를 박차고 일어났다.

하필 그날 내가 입고 있던 옷은 면접과는 거리가 너무 멀었다. 글 쓸 때 편한 옷이기는 했지만 5년도 넘게 입어 소매가 다 늘어난 후드 티에 무릎이 튀어나온 청바지 차림은 누가 봐도 글 쓴다는 핑계로 동네를 떠도는 백수 그 자체였다. 집에 들러 옷을 갈아입고 가야 할 것 같다고 하니 동생은 치과가 곧 마칠 시간이라며 그냥 빨리 오라고 했다. 나는 '에라, 모르겠다' 하고 가방을 챙겨 들고 냅다 뛰었다. 기회가 왔을 땐? 일단 잡아라.

마감이 끝난 시각, 이력서도 없이 헐레벌떡 찾아 들어

간 치과 안은 조용했다. 그런데 내가 상상했던 '잘되는 치과'와는 다르게 인테리어가 너무 초라했다. 아니, 인테리어라고 할 것도 없었다.

요즘은 동네 어디를 가도 카페인지 호텔인지 알 수 없게 인테리어를 한 치과들이 가득한데 이 치과는 정말 말 그대로 '치과'였다. 대기실에는 TV와 소파가 전부였다. 아무리 한자리에서 20년 이상 진료한 치과라지만 이런 인테리어로 과연 장사가 될까 싶었다. 안내 데스크는 대체로 어리고 예쁜 직원을 앉혀두고 병원의 얼굴이라고 내세우는 게 요즘 치과들의 공식인데 이곳은 나와 띠동갑인 실장님이 앉아 계셨다(참고로 실장님은 여전히 이 치과에 근무 중이다).

그렇게 갸우뚱 서 있다가 드디어 원장님과의 면접이 시작되었다.

나는 급하게 오는 바람에 이력서도 못 가져왔다는 말로 운을 뗐다. 원장님은 어차피 치과 경력이 있으니 굳이 봐서 뭐하겠냐고 하시더니, 지금까지 어디서 뭐 하고 살았냐고 물었다. 예전에 일했던 옆 치과 원장님과 절친이었기 때문에 뜬금없이 작가가 되겠다고 서울로 올라간 특이한 직원(=나)에 대해서 대략 알고 계셨던 것이다.

"뭐, 서울 가서 글 쓰고 책 내고… 근데 또 먹고살기가 힘들어서 호주로 가서 호텔 청소하고 세탁 공장에서 일하고… 돌아와서 글을 썼는데 또 잘 안됐어요. 두세 달 아르바이트 해서 비행기값 모으면 다시 호주로 가려고요."

어쩐지 한풀이하듯 주절주절 말씀드렸다. 지금 생각해봐도 정말로 특이한 면접이었다.

"음, 그럼 와서 원하는 만큼 일을 해보세요."

네?

호인으로 유명한 원장님이었지만 그래도 이렇게 쉽게 통과할 줄은 몰랐다. 아무래도 소매가 다 늘어난 티셔츠와 감지 않은 머리 등이 뭔가 가난한 예술인의 고단함을 잘 표현해버린 듯하다.

아무튼 그렇게 가난한 예술인 특별 전형으로

합격.

그러나 다음 날 출근을 해보니 더 이상 여기서 일을 할 수 없을 것 같았다.

아무것도 없이 썰렁했던 대기실은 진료 시간이 되자 대기하는 환자들로 가득 찼다. 그 일대에 건물마다 있는 게 치과인데 이렇게 끊임없이 환자가 몰려오는 치과는 난생처음이었다. 임플란트 수술이 끝나면 바로 교정 치료, 보철 진료, 신경 치료… 진짜로 원장님은 슈퍼맨처럼 날아다니셨다. 지금은 예약제로 해서 이 정도지만 이전에 선착순으로 진료를 할 때는 대기실이 꽉 차서 문밖에서 기다려야 할 정도였다고 한다.

이 정도로 바쁘면 사랑니, 난발치 같은 건 대학병원으로 넘길 법도 한데 여기는 아프다고 오는 환자를 그냥 돌려보내는 법이 없었다(사랑니, 난발치는 시간이 많이 걸리는데다 외과 전문의가 아니면 뽑기도 어렵고 여러 기구도 갖춰야 한다. 노동/시간 대비 수가가 높지 않아 선호하는 진료가 아니다).

그때 확실히 깨달았다.

잘되는 것에는 다 이유가 있구나.
기본에 충실하면 이런저런 꾸밈이 필요 없구나.

원장님과 오랜 시간 손발을 맞춰온 실장님과 직원들은 아무리 환자들이 몰려와도 흔들림 없이 일을 쳐냈다. 25년의 내공이란 이런 걸까. 그렇게 첫날 근무를 마치고 집으로 돌아온 나는 깊은 상념에 빠졌다.

하… 어쩌지… 내일 못 간다고 할까…

한마디로 진짜 힘들어 죽는 줄 알았다.

그렇지만 버텨야 했다. 나만 보면 한심하다고 쯧쯧 혀를 차던 아빠도 퇴근을 하고 온 나를 보곤 처음으로 먼저 말을 건넸다.

"까불지 말고 그냥 거기 딱 붙어 있어!"

하… 그래, 어차피 길어야 3개월이다. 아침 9시 출근, 저녁 7시 퇴근을 25년 동안 묵묵히 견뎌낸 사람들도 있는데 까짓, 3개월 그것도 못 참으면 나는 이제 아무것도 못한다. 호주에서는 그 땡볕에서 바퀴벌레를 잡아가며 청소도 했는데 치과 일은 거기에 비하면 아주 양반이지 않은가.

하자, 하자, 나는 할 수 있다, 나는 할 수 있다.

나도 할 수 있다는 걸 보여주자. 누구에게?

나 자신에게!

그렇게 한 달이 갔다. 어쨌거나 시간은 간다. 하지만 한 도 끝도 없이 밀려드는 환자들은 도저히 적응이 되지 않았다. 그러던 중 드디어 사건 하나가 발생했다. 원래 일적으로는 이런저런 실수를 해도 일절 언급 없이 커버해주는 원장님이 진료가 끝나고 입을 헹구는 환자한테 티슈를 톡, 톡, 뽑아 건네는 나를 보고는 "잠깐만" 하시며 검지손가락을 세웠다.

"한 장만."

나는 순간 당황했다.

"예? 하… 한 장요?"

나는 30년을 넘게 사는 동안 단 한 번도 티슈를 한 장만 뽑아 써본 적이 없었다. 입가에 묻은 물을 닦을 때도 기본이 두 장이었다. 한편으로는 이런 거 아껴서 뭐하나 싶은 마음도 있었다. 그런데 생전 남한테 싫은 소리 하는 법이 없는 원장님이 아주 강력하게 "한 장"을 말씀하셨던 것이다. 더욱 놀라운 건 티슈 한 장이면 진짜 웬만한 건 충분히 다 닦고도 남는다는 사실이었다.

그때부터 이 치과의 놀라운 점들이 보이기 시작했다. 일단 뭐든 일체 낭비가 없다. 치과에서 쓰는 재료들은 대충 눈대중으로, 감으로 하는 경우가 다반사라 때로는 쓰는 것보다 버려지는 것이 많다. 반면 이곳은 미리 계량화를 해둬서 뭐든 정량 사용으로 남김없이 딱 맞아떨어진다. 이곳 직원들의 공통된 행동 중 하나는 사용하고 난 전기 플러그를 즉시 빼는 것이었다. 원장님이 가끔씩 직원들을 모아놓고 하시는 얘기는 매출이나 서비스가 아니라 늘 이런 일상 속의 작은 생활 습관이었다.

아니나 다를까 재료비가 다른 치과의 반이었다. 과거에 일했던 치과에서 아무 생각 없이 썼던 것들이 떠올라 미안해졌다. 조금만 신경 쓰면 이렇게 아낄 수 있었는데.

그렇게 3개월이 지났을 때 하루는 원장님이 우리 치과에서 일해보니 좀 어떤 것 같냐고 물었다. 나는 이미 많은

것을 배운 후였지만 무척 인상적이었던 한 가지를 먼저 말
했다.

"음… 원장님이 참 알뜰하신 것 같아요."

원장님은 살짝 고개를 갸웃하시곤 "알뜰하다기보다는
합리적이지"라고 하셨다.

원장님의 출퇴근용 차는 H사의 산타페였다. 개원을 하
고 환자가 많아지면 제일 먼저 수입차부터 뽑는 게 보통의
개원의들인데 원장님은 사실 몇 년 전까지 모닝을 타고 다
니셨다고 한다. 직원들은 울산에 홍수 났을 때 차가 침수되
지 않았더라면 여전히 그 차를 타고 다니셨을 거라고 덧붙
였다.

나는 그곳에서 7개월을 더 일했고, 드라마 작가로 러브
콜을 받아 그곳 분들의 박수를 받으며 두 번째 상경을 하게
되었다. 내 드라마가 방영이 되면 금의환향하겠노라 큰소
리를 치며 떠나왔지만 4년이 흐른 지금까지 그 약속은 아
직도 지키지 못하고 있다.

또 다시 가난한 예술가가 되어 연소득 480만 원으로 은행에서 개망신을 당한 뒤 부자가 되겠다고 결심했을 때 큰 도움이 되었던 것이 그때 배운 티슈 한 장의 비밀이었다.

어느 책을 봐도 부자가 되는 돈 관리의 핵심은 딱 두 가지뿐이다.

1. 아끼거나
2. 소득의 사이즈를 키우거나

"아니, 내가 가진 재주라고는 200만 원 벌어 200만 원 쓰는 것밖에 없는데 도대체 어떻게 소득의 사이즈를 키운다는 말이죠?"

그렇다. 그렇기 때문에 우리에게는 1번 '아낀다'가 그나마 쉽고 빠르고 합리적인 방법이다. "아이고, 그래 봤자 티끌 모아 티끌이에요" 하며 1,000원 한 장, 1만 원 한 장 아끼는 것을 청승 떤다고 무시하는 사람도 있다. 그런데 생각해보라. 우리는 매달 '티끌 모아 태산'을 목도하지 않는가? 분명 1만 원, 2만 원짜리밖에 안 샀는데 총합계는 태산처럼 쌓여 날아오는 카드 명세서를 보면서 말이다. 어디 가서 1만 원을 벌어오는 것보다 1만 원을 안 쓰는 게 1만 원을 버는 가장 쉬운 방법이다. 그래서 나는 부자 멘토에게 배운 알뜰한, 아니 합리적인 소비 생활을 시작했다.

1. 구멍 난 양말 꿰매 신기

양말 하나에 1,000원 2,000원밖에 안 하는데 그거 아껴서 뭐하냐 하겠지만, 1,000원 2,000원짜리다 보니 구멍도 그만큼 쉽게 나서 자주 사야 한다. 그리고 막상 양말 가게에 가면 1,000원짜리 한 개만 사서 나오지 않는다. 1,000원짜리보다 2,000원짜리가 예쁘고 세 개 1만 원짜리가 더 예쁜 법이다. 양말 옆에 있는 레깅스도 하나 있으면 좋을 것 같다. 그런 식으로 1,000원이 2만 원이 된다. 양말을 꿰매는 건 돈을 아끼는 것 말고 의외의 효과도 있었다. 바느질을 하고 있으면 마치 컬러링북을 칠할 때처럼 잡념이 사라지고 스트레스가 해소된다. 거기에 더해 패스트 패션이 판을 치는 세상에서 일부러 튀는 색 실로 꿰맨, 하나뿐인 양말이 새삼 귀여워 보여 기분도 좋아진다.

2. 외출 전에 날씨 앱 확인하기

갑자기 비가 올 때면 급하게 편의점에서 사던 우산, 날씨가 흐릴 땐 3,000원이지만 비가 오기 시작하면 5,000원, 1만 원이다. 막상 사려고 보면 5,000원짜리는 너무 못생겨서 손이 가지 않는다. 결국 '그래 뭐 어차피 필요하니까' 하며 1만 원짜리를 산다. 그래놓고는 외출할 때마다 까먹기 일쑤고, 우산함은 빨간 우산 파란 우산 찢어진 우산으로 가득 찬다. 지금은 외출 전에 꼭 오늘의 날씨를 확인하고 비가 올 확률이 있으면 삼단 우산을 미리 챙겨 새는 돈을 막는다.

3. 공복 14시간

저녁식사를 한 뒤 곧바로 양치질을 하고 물 외에는 아무것도 먹지 않는다. 간헐적 단식이다. 누군가는 다이어트 때문에 한다고 하는데 살 빼는 건 관심 없다. 나는 무엇보다 돈을 아낄 수 있어 1년 넘게 유지 중이다. 이 이야기는 뒤에 더 자세히 풀어놓겠다.

구멍 난 양말을 꿰매고 있는 나를 보고 혹자는 꼭 그렇게까지 해야 하냐고 하겠지만, 자수성가한 부자들은 다들 그렇게 안 쓰고 안 먹으면서 돈을 모으는 것으로 시작했다. 휴지값 아껴서 부자 됐다는 풍문이 우스갯소리가 아닌 것이다. 이렇게 한 푼 두 푼 잔돈을 아끼는 것은 나중에 큰돈이 들어올 때를 위한 것이기도 하다. 준비한 사업이 성공해서, 아니면 어쩌다 로또라도 맞아 수중에 큰돈이 들어왔을 때 흔들림 없이 그 돈을 유지하는 기초 체력이 되어준다. 우리는 지금 그것을 준비하는 중이다.

결국 이곳에서도 생활 때문에 치과 아르바이트를 하고 있다는 근황을 전하려 오랜만에 나의 부자 멘토에게 연락을 드렸다.

"원장님, 저는 요즘 대부호가 되려고 양말을 꿰매 신고 아끼고 아끼며 살고 있습니다. 대문호 전에 대부호가 되어 꼭 금의환향하겠습니다."

나의 부자 멘토는 크게 웃으시며, "그래 김얀이는 이제 금방 부자가 되겠구나"라고 하셨다.

양말을 꿰매 신는다, 티끌이라도 아끼고 있다고 하면

대부분의 사람들은 '그래가지고 언제 부자 되겠냐' '꼭 그렇게까지 해야 되냐' 같은 부정적인 반응 일색이었는데 난생처음으로 듣게 된 긍정적인 반응이었다.

역시 부자들은 안다.
부자가 달리 부자가 된 게 아니다.
힘들게 모은 돈이 오래간다.

기록

나를 돌보는 방법

"퍼스트 클래스 승객은 펜을 빌리지 않는다."

이 말은 사실일까?

나도 20대 때는 '여기만 아니면 어디라도'라는 심정으로 비행기를 타고 제법 떠돌아다녔지만, 주로 땡처리 티켓을 사거나 기내식도 따로 사 먹어야 하는 저가 항공사를 이용했기 때문에 퍼스트 클래스에 대해서는 잘 모른다. 참고로 나는 항상 지나가는 승무원에게 펜을 빌렸는데… 아, 그래서 내가 가난했던 것일까? 아무튼,

『퍼스트 클래스 승객은 펜을 빌리지 않는다』(윤은혜 옮

김, 중앙북스 2013)라는 책은 16년 동안 항공사에서 1등석 담당 승무원으로 일했던 미즈키 아키코라는 사람이 썼다.

이 책의 일본어판 제목을 그대로 번역하면

『퍼스트 클래스에 타는 사람들의 심플한 습관: 3퍼센트의 비즈니스 엘리트가 실천하고 있는 것』

간단히 말해 부자들의 습관에 관한 책이다.

아키코 씨가 말하는 1등석 승객들의 심플한 습관이란 독서(주로 역사책), 메모(본인의 만년필을 가지고 있고 그걸로 메모하는 걸 좋아한다), 감사하는 마음, 바른 자세, 정중한 태도 등이다. 한국어판에서는 그중에서도 메모하는 습관을 강조한 '퍼스트 클래스 승객은 펜을 빌리지 않는다'라는 소제목을 정면으로 내세웠다(개인적으로는 한국어판 표지와 제목이 훨씬 깔끔하고 인상적이라고 생각한다).

그렇다면 정말로 부자들은 펜을 가지고 다닐까? 내 주변의 유일한 부자이자 '티슈 한 장'의 가르침을 주신 부자 멘토도 그러고 보니 10년도 넘게 지니고 다니신다는 몽블랑 펜이 있었다. 나에게 돈에 대해 알려주는 친구인 돈 선생 역시 수첩과 펜을 가지고 다니긴 한다.

'펜을 가지고 다닌다'는 것은 곧 메모의 중요성을 강조하는 말이었다. 요즘은 핸드폰으로 다 되는데 굳이 펜을 들고 다녀야 하는지 물을 수도 있겠지만, 손에 펜을 쥐고 종이에 직접 쓰는 행위는 몸과 머리에 훨씬 깊이 각인된다는 것이 메모의 핵심이다.

#메모장 #다이어리 #일기 #가계부 #차계부

일단 이런 단어만 들어도 뭔가 가슴이 답답해지는 사람들이 있을 것이다. 놀랍게도 나 또한 그랬다. 서른 살에 작가가 되기로 결심하기 전까지 나는 메모라는 것을 해본 적이 없었다. 그랬던 내가 메모하는 습관을 들이게 된 계기는 더 좋은 글을 쓰고 싶다는 생각 때문이었다.

분명 아침에 눈을 떴을 때 간밤에 꾼 놀라운 꿈을 글로 써봐야겠다 결심하지만, 점심을 먹을 때쯤에는 도통 생각이 나질 않는다. 자기 전에 좋은 문장, 좋은 이야깃거리가 생각나서 내일 아침에 글로 써봐야지 했는데 일어나보면 역시나 새하얗게 날아가버리고 없다.

나라는 사람은 얼마나 믿지 못할 존재인가. 새벽 6시에 일어나보자고 알람을 맞춰놓고도 알람이 울리면 온갖 인상을 쓰며 꺼버리고 이불을 머리 끝까지 덮는다. 자기 전에 물 외에는 먹지 말자고 해놓고는 또 냉장고 앞을 어슬렁거리는 게 나라는 사람이었다.

자신을 믿지 말 것, 기록할 것.

부자가 되기 위해서가 아니라 좀더 나은 글, 좀더 나은 내가 되고 싶었기 때문에 나는 몇 년 전부터 메모에 습관을 들이고 있었다. 어떤 계획을 세웠고, 어떤 기분이었고, 어떤 것을 원하는지부터 몇 시에 잤고, 무엇을 먹었고, 어디에 갔었는지까지 가능한 한 직접 내 손으로 메모하려고 노력했다.

진정으로 잘하고 싶은 게 생기면 마음은 자연히 따라온다. 도움이 된다면 뭐든지 해보고 싶은 마음. 지푸라기라도 잡고 싶은 마음.

하지만 그것이 한 번에 꾸준히 되었다면 진즉에 대문호가 되었을 텐데, 나는 그 유명한 작심삼일의 대가가 아니던가. 거의 매번 작심삼일, 작심삼개월로 실패했다. 매년 새 다이어리를 샀지만, 늘 첫 페이지만 화려했고 달이 갈수록 점점 깨끗해지는 다이어리를 보면서 나 자신을 한심하게 여겼다.

2018년 나는 거금을 주고 새 다이어리를 샀다. 활기찬 기분으로 2017년 다이어리도 일찌감치 팽개치고 2017년 12월부터 2018년 새 다이어리에 쓰기 시작했다. 서랍에 굴러다니던 스티커들을 총출동시키고 한 자 한 자 정성을 들여 썼다. 소중한 연말, 소중한 새해, 나의 소중한 하루!

문제는 그놈의 '소중'이었다. 그동안 내가 다이어리 한 권을 끝까지 쓰는 데 번번이 실패했던 이유는 너무 소중하게 대했기 때문이다. 꼭 써야 하는 색깔의 펜을 정해두고, 보기 좋게, 깔끔하게, 글자는 예쁘게, 헛소리 금지. 그러다 보니 정말 급박하게 아이디어를 적거나, 메모를 해야 할 때마다 멈칫했다. 내 소중한 다이어리를 더럽히는 기분이 들어 순간을 놓쳐버리거나 얼른 다른 곳에 적기도 했다. 그로 인해 생긴 메모장, 아이디어장, 가계부, 영어 공부장 등등 앞장만 빽빽한 노트들이 여기저기 굴러다니다가 새해가 되면 또다시 반성과 함께 소중한 새 다이어리를 샀던 것이다.

2019년부터는 콘셉트를 바꿨다. 완벽한 메모를 한다기보다 가볍게 낙서를 한다는 기분으로 쓰자. '메모가 안 되면 낙서라도' 전략이다. 그 어렵다는 가계부에도 도전했다. 비장한 결심을 하며 샀던 가계부 역시 언제나 첫날만 빼곡했으므로 이제는 그냥 이 다이어리에 한꺼번에 갈겨버리자는 심산이었다. 정해진 틀을 만들지 않고 군데군데 낙서를 해가며 막 쓰자.

그렇게 부담 없이 이것저것을 쓰며 채워나가다 보니 이 낙서장 같은 내 다이어리는 어느덧 나의 일기장이자 일정표, 가계부이자 시계부, 아이디어 노트가 되어 있었다.

그리고 이 한 권의 낙서장이 가진 어마무시한 힘을 깨닫게 되었다.

과거의 나와 만나게 해주는 곳.

요즘 우리가 시간을 가장 많이 보내는 곳이 인스타그램, 페이스북, 트위터 같은 소셜미디어다. 그곳에서 우리는 주로 남이 먹은 음식, 남의 몸매, 남의 생각을 보고 듣는다.

반면 이 정신없는 낙서장은 오로지 나에 관한 것이고, 오직 나만이 이해할 수 있는 이야기들로 가득하다.

낙서장은 누구의 눈치도 볼 필요 없이 스스로 생각하고 기록하는 곳이다. 이 기록은 곧 나의 역사다. 이곳에서 나는 작가가 되고, 독자가 된다. 과거의 나, 현재의 나, 미래의 나가 만나는 이곳에서 내가 나를 지켜보며 응원한다면 그 힘으로 무엇이든 새롭게 시작할 수 있지 않을까?

부자 씨앗들을 위한 멘탈 관리법

주 4일 치과에서 근무하고 출근하지 않는 나머지 3일에는 글을 쓴다. 동시에 평일에는 '김얀 집' 호스트로서 하우스메이트들의 빨래와 청소, 쓰레기 분리수거를 한다. 하루에 적어도 1만 보는 걸으려 노력하고, 주 1회 정도는 각 분야의 선생님들을 만나 돈 공부를 한다. 아침에 남들보다 일찍 출근해서 그날의 경제신문을 읽으며 주식 공부를 하고 일주일에 최소 두세 권의 책을 읽는다. 이런 생활이 벌써 10개월에 접어들었다.

낯선 침대 위에 드러누워 있는 것밖에 모르던 내가 어쩌다가 이렇게 프랭클린 다이어리 같은 인간이 되었을까?

사람은 절대 변하지 않는다고 말하는 사람을 제외한 그 누구든 변할 수 있음을 실감한다.

이렇게 바쁜 날들을 보내고 있지만, 요즘의 나는 그 어느 때보다 건강하다.

몸의 건강은 마음의 건강과 직결되어 있고, 마음의 건강은 주로 정신 건강과 연결되어 있다. 멘탈 관리는 정신 건강의 문제만이 아니다. 부자의 시각에서 멘탈 관리는 곧 시간 관리다. 그런 의미에서 내가 실천하고 있는 멘탈 관리법은 네 가지다.

1. 싸움은 최대한 피하라

분노는 행동으로 옮기는 데 있어 적당한 원동력이 되고 실제 변화에 도움이 되는 것도 사실이다. 하지만 구체적인 목표를 향해 갈 때 사소한 시시비비에 말려 싸움이 일어나게 된다면 설령 이기더라도 시간, 체력, 감정의 손해가 너무 크다.

싸움을 최대한 피하라는 것은 부당한 일에 무조건 참고 비겁해지라는 말이 아니다. 그런 큰 싸움일수록 제대로 싸우기 위한 준비가 필요하다. 성인의 싸움이란 단순히 말

싸움이나 치고받는 육탄전으로 끝나지 않고 소송 같은 법정 싸움으로 넘어가는 경우가 대부분이다. 법정 싸움이라는 게 돈도 돈이지만, 시간이 오래 걸리고 이것저것 준비해야 할 것이 많기 때문에 별다른 작전 없이 시작했다가는 정말로 인생 최악의 시기를 맞을 수 있다. 그렇기 때문에 웬만하면 싸우지 않고, 합의를 택하는 것이 현명한 방법일 수 있다. 그럼에도 불구하고 정말로 이건 싸워야겠다 싶으면 그에 필요한 시간, 경제력, 체력, 정신력을 준비해 제대로 조져주자.

그러기 위해서라도 사소한 시시비비는 일단 그냥 넘겨야 한다. 나도 왕년에는 작은 일에도 쉽게 흥분하는 싸움닭이었다. 누군가 나를 조금이라도 열 받게 하면 남녀노소를 가리지 않고 82년 개띠답게 달려들어 물고 뜯었다. 하지만 작가가 되고, 부자가 되기로 결심하고 나서는 내 시간, 내 컨디션 유지가 무엇보다 중요하기 때문에 자잘한 것들은 그저 넘어간다. 우연히 보게 된 오은영 선생님의 인터뷰가 많은 도움이 됐다.

중요하지 않은 사람은 불러 세우지 마세요. 설사 걸어가다가 누가 내 어깨를 팍 치고 가더라도 탈구된 게 아니라면 그냥 보내세요. 그렇지 않고 '저기요!' 하면 악연이 생겨요. 나를 모르는 사람이라면 의도가 없어요. 그냥 '바쁜가 보지' 하고 보내면 돼요. 내 인생을 흔들 만한 사람이 아니에요. 그럼 강물처럼 흘려보내세요.(『한국일보』 2018.6.2.)

우리에게 진짜 중요한 건 따로 있다. 그러니 귀중한 내 시간과 감정을 쓸데없는 것들에 낭비하지 말자.

진정한 싸움의 고수란 싸우지 않고도 이기는 사람이다.

2. 나쁜 생각 곱씹기 금지

좋다, 인생에 별 중요하지 않은 사람들은 뭐 무시하고 넘어간다 쳐도 사실 우리를 너무나 괴롭게 하는 일들은 대개 나와 떼려야 뗄 수 없는 관계에서 벌어진다. 친구가 무심코 내뱉은 사소한 말 한마디, 같은 직장이라 어쩔 수 없이 매일 봐야 하는 사람의 괴롭힘, 응원은 고사하고 번번이 나의 자존심을 건드리는 가족 등.

나도 예전에는 이런 일을 겪으면, 친구라는 애가 어떻게 나한테 그럴 수가 있냐고 배신감에 이를 갈며 어떻게 갚

아줄지 고민하기도 했고, 회사를 그만둘지, 집을 나갈지를 고민하며 스트레스를 받았다. 가장 좋은 것은 그런 자극으로부터 멀어지는 것이다. 친구 관계를 끊거나 회사를 그만두거나, 집을 나오거나. 지금 당장 그럴 수 있는 형편이 안 된다면, 우선 그들에게 받은 쓰레기는 그대로 쓰레기통에 던져버리자.

유튜브에서 우연히 본 법륜 스님의 즉문즉설에서 이런 말을 들었다. 예를 들어 누군가가 나에게 쓰레기를 던졌다면 나도 그냥 쓰레기통에 던져버리면 되지 굳이 그 사람이 던진 쓰레기를 받아 펼쳐보며 이 쓰레기는 어디서 왔을까, 왜 나에게 왔을까를 생각하지 말라는 것. 아무 데나 쓰레기를 던지는 인간들은 원래 그런 인간이다. 막말로 상처를 주는 사람들은 거의 아무 생각 없이 그런다. 나 역시 본의 아니게 남에게 그랬을 수 있다는 점도 잊지 말아야 한다.

그럴 때는 이렇게 생각하자. '쟤처럼은 되지 말자.'

혹 누가 나에게 쓰레기를 던졌다 하더라도 나는 그걸 다른 사람에게 던지지 말아야지. 물론 나에게 자꾸 쓰레기를 던지는 사람으로부터 가능한 빨리 멀어지자!

3. 다 필요 없고 일단 나는 내 편

우리는 어릴 때부터 친구, 연인, 가족이 있어야 행복하다고 배웠다. 과연 그럴까? 정신과에 다니거나 심리치료를 받는 사람 중 다수가 사실은 친구, 연인, 가족과의 트러블이 그 원인이라고 한다.

나 빼고 다른 사람들은 죄다 행복한 가정, 나만 사랑하는 연인, 둘도 없는 의리를 자랑하는 친구를 갖고 있는 것처럼 보이고 그래야만 행복한 인생이 완성되는 것처럼 말하지만 사실 그렇지 못한 사람들이 훨씬 많다. 운이 좋아 그런 완벽한 관계를 가진 사람들은 너무 잘된 일이지만, 평생을 약속한 연인, 언제나 내 편이 되어주는 가족과 친구도 언젠가는 헤어지기 마련이다.

인간은 누구나 죽기 때문에.

결국, 끝까지 나와 함께 있어줄 사람은 나밖에 없다.

세상에 나를 사랑해주는 사람이 한 명도 없다면 내가 나를 사랑해주면 된다. 내가 나를 응원하고, 위로하고, 사랑하는 것 또한 아름다운 일이다. 혼자만의 시간을 불안해하지 말고, 그 안에서 나만의 것들을 창조하고 힘을 길러낼 수 있다면 그때는 내가 먼저 누군가의 든든한 친구, 연인, 가족이 되어줄 수도 있다.

이렇게 나를 알뜰살뜰 보살피다 보면 누군가에게 어이 없는 공격을 당하더라도 "뭐야, 내가 나를 어떻게 키웠는데. 이 자식들이 감히!" 하고 내가 나의 편이 되어줄 수 있다.

최고야. 잘했어. 정말 대단해.

지금부터 별것 아닌 일에도 내가 나를 칭찬하는 습관, 내 편이 되어주는 습관을 만들어보자.

4. 모든 것에는 끝이 있다

힘든 일, 괴로운 일, 기쁜 일, 모든 것에는 끝이 있다. 끝이 있기 때문에 아무것도 하지 않을 수도 있지만, 그렇기 때문에 뭐든 해볼 수도 있다.

나의 열세 살 연하 애인 제이와의 국적 초월 장거리 연애(제이는 태국인이고, 어릴 때 가족 전체가 호주로 이민을 가서 지금도 호주에 살고 있다)가 6년째 유효한 이유는 솔직히 말하자면 "모든 것에는 끝이 있다"라는 비극의 세계관 때문이다. 우리는 호주와 한국을 오가며 많게는 1년에 두 번, 적게는 2년에 한 번(올해는 다행히 코로나19가 확산되기 전인 1월 말에 2주간 만났다) 만나기 때문에 만날 때마다 최선을 다한다. 어쩌면 이번이 마지막이 될 수도 있기 때문에.

모든 것에는 끝이 있다. 나와 제이도 언젠가는 끝날 것이다. 특별한 노력을 하지 않아도 사람은 죽는다. 우리는 결국 헤어질 것이다. 그렇기 때문에 지금, 살아 있을 때, 만날 수 있을 때, 가슴 설레는 일을 최대한 즐기는 것이 좀더 합리적인 방법이 아닐까?

마음 돌보기

공복 N시간

쌓이는 건 돈, 얻는 건 건강

언젠가부터 집중력이 떨어지고 괜히 피곤하고 자고 일어나도 개운하지 않았다. 아니, 안 그랬던 적이 없었던 것 같다. 그래서 몇 년 전부터는 불로초를 찾아 헤매던 진시황처럼 영원히 피로하지 않을 '불피초'를 찾기 위해 나 나름으로 애를 썼다.

아무래도 먹는 것이 제일 중요하지 싶어 종합비타민부터 홍삼 엑기스, 아사이베리즙, 페루의 산삼이라는 마카, 아마씨, 프로바이오틱스, 오메가3 등등 몸에 좋다는 걸 찾아가며 먹어봤지만 솔직히 어떤 것을 먹어도 확실히 효과가 있다고 느낀 적은 없었다.

TV에서는 분명히 이걸 먹으면 동안 피부가 된다, 이걸 먹으면 날씬해진다, 이걸 먹으면 피로를 모를 것이다라고 했지만 과연 광고는 믿을 게 못 된다. 약사 친구의 말이, 영양제나 건강보조식품은 그다지 큰 효과가 없고 그저 삼시 세끼 잘 챙겨 먹고 계절 과일을 많이 먹는 게 최고라고 해서 할 수 있는 대로 영양소를 따져가며 요리도 해봤지만 역시나 별로 달라지지 않았다.

대체 무엇을 먹어야 잘 먹었다고 소문이 날까?

최근 몇 년 전부터 한국의 방송은 '잘 먹는 것'이 핫이슈다. 어느 시간대에 어느 채널을 틀어도 남자 셰프들이 잔뜩 나와 요리를 해서 먹거나, 유명한 맛집을 찾아다니며 먹거나, 음식을 산처럼 쌓아놓고 먹는 출연자들이 보였다.

삼시세끼
냉장고를 부탁해
수요미식회
수미네 반찬

밥블레스유

스트리트 푸드 파이터

백종원의 3대 천왕

백종원의 푸드트럭

백 파더: 요리를 멈추지 마!

밥은 먹고 다니냐?

고교급식왕

맛있는 녀석들

한식대첩

식신로드

원나잇 푸드트립

신상출시 편스토랑

오늘 뭐 먹지?

백종원의 골목식당

윤식당

강식당

집밥 백선생

한끼줍쇼

한국인의 밥상

찾아라! 맛있는 TV

마스터셰프 코리아

식객 허영만의 백반기행

올리브쇼

팀셰프

스페인 하숙

외식하는 날

현지에서 먹힐까?

먹방쇼 맛의 전설

식객 남녀 잘 먹었습니다

맛있는 토요일 밥 한번 먹자

맛남의 광장

배달해서 먹힐까?

#집밥천재 '밥친구'

식량일기 닭볶음탕 편

양식의 양식

식벤져스

집에 TV가 없는 나도 이런 프로그램들은 주변에서 들리는 소문으로, 아니면 인터넷에 돌아다니는 사진으로 늘상 접할 수 있었다. SNS는 훨씬 더 노골적이다. 이걸 과연 '잘 먹는다'라고 표현하는 게 맞는 건지. 식탁 가득 음식을 쌓아놓고 먹는 먹방 유튜버의 수는 점점 더 늘어나고, 인스타그램에 잘 세팅된 음식 사진만 줄줄이 올리는 소위 '먹스타그램' 계정도 여전히 늘어만 간다. 이쯤 되면 나라 전체가 걸신에 들린 것처럼 '먹는 것'에 집착하고 있는 것 같다.

인간의 본성은 식(食)과 색(色)이라던 맹자의 말처럼 식욕과 색욕은 원초적으로 끌리는 즐거움이 맞지만, 도대체 이렇게까지 '먹는 것'에 집착할 일인가. 실제로 먹는 기쁨은 쉽고, 빠르고, 비교적 싸다. 그래서인지 먹는 것으로 스트레스를 푸는 사람들이 많고, 매스컴은 자꾸 이를 부추긴다. 자영업자의 수가 특히 많은(그중에서도 요식업) 한국에서는 이런 상황이 서로에게 나쁠 게 없다.

한쪽에서는 잘 먹는 것이 인생 최고의 기쁨이라며 배가 터져라 먹는 모습을 보여주고 또 다른 한쪽에서는 하나같이 마르고 예쁜 외모를 가진 연예인들의 몸을 카메라로 훑으면서 살 빼는 보조제를 팔아치우고 있는 현실… 세상이 좀 이상하게 돌아가고 있지 않나?

'잘 먹는 것'이 그리 중요하다면, 이 음식의 재료가 어떻게 키워졌고 어떻게 우리 밥상까지 오게 되었는지부터 궁금해야 하는 게 아닐까?

잘 먹는 것에 대한 고민을 한창 하던 무렵. 우연히 SNS에서 어느 유명 기업인이 나오는 TV 프로그램의 캡처 사진을 보게 되었고, 곧장 소액 결제를 해 그 회차를 봤다.

주인공은 현재 시가총액 1조 원이 넘는 기업의 창업자이자 1대 주주이고 그 분야에서 20년이 넘도록 정상의 자리를 지키고 있는, 대중에게 이미 익숙한 얼굴이었다.

그의 이름은 바로 바로

(소곤소곤) 제와피(JYP)~

데뷔 후 20년 동안 총 508곡을 작곡하고 그중 42곡을 1위(2014년 기준, 2019년에는 50곡을 넘겼다고 한다)로 만든 무서운 창작 에너지를 뿜어내는 가수 박진영, 내일모레 반백 살을 앞두고 있음에도 여전히 탄탄한 몸매로 비닐바지를 소화해내는 패션 피플.

지금도 본인의 앨범을 내고 콘서트를 하며 방송에 나오

는 친근한 이미지 때문에 나는 그가 그렇게 대단한 회사를 키워냈다는 것을 생각도 못하고 있었다(심지어 그는 20대에 이미 자신이 목표했던 20억 원이란 돈을 벌었다고).

그의 성공스토리도 굉장했지만 그 방송에서 내가 무척 놀랐던 것은 그의 식(食)에 관한 이야기였는데 그것이야말로 내가 방송에서 보고 듣고 싶은 것들이었다. 그는 아침 8시 30분에 유기농 올리브유를 소주잔 크기의 잔에 담아 마신 후, 각종 비타민과 영양제, 견과류, 과일, 유산균 등을 먹는다. 여기까지는 흔한 건강 프로그램에서 건강식품을 소개하는 것과 다를 바 없다. 중요한 건, 전날부터 20시간 동안 물 외에 모든 음식을 끊는다는 것. 이른바 공복 20시간.

일주일에 세 번은 저녁을 먹고, 나머지는 8시 30분 아침 영양 보충(식사라기보다는 영양 보충의 느낌), 12시 점심 식사, 그 외의 시간에는 아무것도 먹지 않는다. 먹는 것이 도처에 넘쳐나는 세상이지만 그는 반대로 먹는 것을 끊어버렸다.

"몸에 좋은 음식을 찾아 먹기보다 몸에 나쁜 음식을 끊는 것."

이 생활을 20년 가까이 유지하고 있는 그는 건강과 일을 행복하게 유지할 수 있었던 비결이 이런 음식 철학이라고 했다.

그의 확실한 철학에 따라 JYP엔터테인먼트는 유기농 식자재를 사용하여 식비로 연간 20억 원을 쓴다. 조리기구 역시도 플라스틱 같은 환경 호르몬이 나오는 재료는 일체 쓰지 않는다고 한다. 게다가 음식물 쓰레기를 남기지 않기 위해 전날 예약된 수만큼만 음식을 만든다고 하니 더욱 멋지다.

나도 쓰레기에 민감한 사람이라 음식을 만들거나 시킬 때 "조금 아쉽더라도 약간 모자라게"를 추구하는 편인데 "남기더라도 넉넉하게, 푸짐하게"가 미덕인 한국에서는 내 목소리를 내기가 어려웠다.

그래도 JYP처럼 식사를 줄여볼 생각은 한 번도 해본 적이 없었는데 그 방송을 본 후 JYP의 음식 철학에 빠져 바로 따라해보기로 했다.

나의 시작은 공복 12시간.

사실 공복 12시간은 말만 거창하지 크게 어렵지 않다. 저녁식사를 하자마자 양치질을 하고 야식과 군것질을 끊으면 된다.

오전 8시 아침식사

오후 12시 점심식사

오후 6시 저녁식사

평상시처럼 하루 세끼를 충분히 먹고 야식만 끊어도 벌써 공복 14시간이다.

나도 안다. 저녁식사 후에 아무것도 먹지 않기란 그리 쉬운 일이 아니다. 나 역시 저녁식사 후부터 자기 전까지 사이에 늘 과일이나 초코칩 과자를 먹었다. 공복 14시간을 시작한 초반에는 배가 고파 잠이 오지 않았고 빈속으로 오랜 시간 있다가 아침에 일어나면 속이 쓰렸다.

그래서 수를 냈다. 저녁을 먹고 난 후에 배가 너무 고프다 싶으면 양배추즙을 마시고 아침에 일어나자마자 또 양배추즙을 마셔 위를 보호했다. 일주일쯤 지나자 어느새 잠들기 전 빈속이 적응이 되고 잠을 자는 데도 문제가 없었다. 무엇보다 배가 고프니 빨리 자자 싶어서 잠자는 시간이 당겨졌다. 수면의 질도 훨씬 나아졌다.

그렇게 공복 12시간에서 시작해 나에게 가장 잘 맞는 공복 14시간으로 굳혀나갔다. 그리고 대부호 프로젝트를 시작하고 보니 공복 14시간에는 정말로 기가 막힌 장점들이 많았다.

1. 어마무시한 식비 절약으로 저절로 짠테크가 된다

원래 물욕이 없는 편인 나도 전에는 숨만 쉬어도 한 달에 150~180만 원은 썼다. 그 이유가 바로 식비, 그중에서도 과일값 때문이었다. 가족들이 나를 '과일 킬러'라고 부를 만큼 매일 과일을 먹어야 하고 한 번 먹을 때마다 많이 먹었다. 안타깝게도 한국은 과일이 참 비싸다. 내가 자주 가던 과일 가게 사장님이 항상 강조하시던 말인 "맛있는 건 비싸!"라는 진리를 가슴에 새기며 명품 지갑도 아니고, 단지 명품 과일을 사기 위해 백화점 식품관을 다닐 정도로 과일 마니아였다.

벌이가 시원찮아도 과일은 꼭 먹어야 하니 과일값으로만 하루에 1만 원은 썼는데 공복 14시간을 한 후에는 과일값이 3분의 1로 줄었다. 먹을 수 있는 시간에는 아무래도 밥을 주로 먹다 보니 식후에는 배가 불러 한꺼번에 많이 먹지 못한다. 이제는 주로 아침에 과일을 먹고 저녁 먹기 전에 조금씩 맛만 보는 정도로 습관이 되어 과일값으로 나가는 돈을 엄청나게 줄일 수 있었다.

2. 피부가 반들반들, 건강해진다

이것 역시 내가 체험한 아주 놀라운 변화 중 하나다. 나는 중학교 2학년 때부터 최근 공복 14시간을 시작하기 전까지 여드름과 함께 지내왔다. 뾰루지부터 화농성 여드름, 좁쌀 여드름, 성인 여드름까지 여드름은 내 얼굴을 텃밭 삼아 그렇게 몇십 년을 월세도 안 내고 버텼다.

내 얼굴에 항상 오돌토돌한 여드름이 있었기 때문에 나는 모든 사람들이 다 그런 줄 알았다. 나중에 남자 친구들의 매끈한 얼굴을 만질 때마다 너무 신기했다.

피부과 치료, 피부 관리실, 먹는 약, 바르는 약 할 것 없이, 여드름에 들인 돈과 시간을 다른 데 썼다면 나는 진즉에 대부호가 되었을 것 같다. 그래도 이 미친 여드름은 내가 좋은지 좀처럼 떠나질 않았다.

그런데 공복 14시간을 시작하고 몇 달이 지나자 어느 순간부터 세수할 때 얼굴이 매끈매끈한 느낌이 들었다! 여드름이 올라오는 것도 눈에 띌 정도로 줄었고 전에는 어딜 가더라도 꼭 비비크림이나 쿠션 정도는 바르고 나갔는데 이제는 출근할 때도 로션 외에는 아무것도 바르지 않고 다닐 수 있게 되었다.

평상시 아침저녁으로 바르는 건 로션 하나가 전부인데도 무리해서 비싼 에센스를 이것저것 사 바르던 때보다 훨씬 촉촉해서 너무 신기할 따름이다.

3. 정신이 맑아진다

아침이면 잠에서 깨려고 일부러 카페인을 들이붓는다는 친구들이 많은데 공복 14시간을 하면 아침에 일어날 때 몸과 정신이 동시에 깨는 기분이다. 감각에 예민해진다고 할까? 머리가 맑다고 할까? 한동안 음식이 들어가지 않으면 몸은 위기 상황이라고 인식한다는데 그래서인지 직감이 살아나는 느낌이다.

JYP의 지치지 않는 작업량이 공복에서 오는 에너지가 틀림없다는 걸 나 또한 체감하는 중이다.

4. 천천히 맛을 음미하면서 먹는 기쁨

매일 아침 눈을 뜨는 순간이 행복하다. 그럴 수밖에 없는 것이 드디어 어제 참았던 과일을 먹을 수 있으니까! 금방 또 점심을 먹어야 하니 많이 먹지 못해서 과일을 한 입한 입 베어 먹으며 맛을 음미하는 시간이 소중하다.

아껴 먹는 것의 기쁨. 참았다 먹는 것의 기쁨.

요즘 같은 시대에는 만나기 힘든 기쁨이다. 기쁨에도 종류가 참 다양하다는 것을 깨닫는다.

5. 잔병치레는 노, 가벼운 몸은 보너스

다이어트에는 크게 관심이 없고, 살집이 있는 몸이 보기 좋다고 생각해서 운동을 하며 억지로 단백질을 먹어대던 시절도 있었다. 그런 생활은 공복 14시간을 하면서 멀어졌고, 덕분에 내가 원하는 체형과도 멀어졌지만, 확실히 나에게는 가벼운 몸이 맞다는 것을 느낀다.

공복 14시간을 시작하고 1년 2개월이 지나는 동안 감기에 걸리거나 잔병치레를 해본 적이 없다. 처음 부천에 왔던 2년 전에는 생리통이 심해서 하루에 진통제를 다섯 알까지 먹은 적도 있었는데 공복 N시간을 하면서부터 생리

첫날 한 알로 줄었다가 지난달부터는 진통제를 먹지 않고도 넘길 수 있게 되었다. 이것이 공복 N시간 때문인지는 확신할 수 없지만, 누군가 내 건강과 에너지의 비결을 물어오면 나는 언제나 공복 N시간 덕분이라고 대답한다.

"몸에 좋은 음식을 찾아 먹기보다 불필요하게 많이 먹지 않는 것이 가장 좋다."

온몸으로 경험한 진리다.

시간 관리

시계부를 써라

　내가 사는 부천의 자랑 중 하나는 곳곳에 숨은 고수들이 많다는 것이다. 겉으로 보기에는 소박한 가게지만 나오는 음식은 어디에 내놔도 꿀리지 않는 솜씨를 자랑하고, 가격 또한 믿을 수 없이 저렴하다. 특히 나의 단골 백반집 '밥도둑'은 백종원 씨가 와도 엄지를 척 내세울 것이다(원래 가격은 5,000원이었는데 현재는 여러 사정으로 6,000원으로 인상했다). 매일 바뀌는 이 집의 반찬들은 영국의 제이미 올리버도 놀라 자빠질 정도로 창의적이다. 이런 가게가 집에서 3분 거리에 있다는 것은 정말로 큰 행운이다.

　이 식당을 만난 후로 나는 어설픈 요리 생활을 깔끔하

게 접었다.

이곳의 사장님은 50대 여자분이신데 외모와 패션이 조금 독특하다. 노랗게 탈색한 짧은 투블록 커트 머리, 목의 양쪽은 검은 뱀과 전갈이 강렬하게 새겨져 있고 단골이 아닌 이상 손님에게 그다지 친절하지도 않다.

그도 그럴 것이 요리부터 경영, 청소까지 혼자 다 하기 때문에 손님이 오면 너무나 바쁘다. 별 시답지 않은 소리를 하는 손님에게 말장단까지 맞춰줄 시간은 더욱 없다. 사장님의 독특한 헤어와 여기저기 보이는 문신은 일종의 경고문이다. 여자 혼자 식당을 하다 보니 난동을 부리는 취객, 시비 거는 진상들 때문에 힘들어하시다가 목에 커다란 전갈을 새겨 넣은 순간! 그런 놈들의 출입이 딱 끊기더라다.

물론 나같이 착하고 말 잘 듣는 단골손님은 사장님의 예쁨을 받는다. 나는 웬만하면 식당이 붐비지 않는 시간에 가서 식사를 하고 어떤 반찬이 나오든 그릇을 싹 비운다. 식탁에 떨어진 양념들을 휴지로 깨끗이 닦은 다음 다 먹은 그릇을 모아 주방까지 갖다 놓는다.

밥을 먹고 식당에서 나올 때는 잊지 않고 90도로 감사의 인사를 한다. 단순히 5,000원이라는 가격 때문이 아니라, 매일이 기다려지는 성의 있는 식단 덕분에 내 시간을 엄청나게 아낄 수 있기 때문이다.

　일단 오늘은 무엇을 먹을지를 고민할 필요가 없다. 예전에는 마음에 드는 식당을 찾지 못해서 직접 요리를 하기도 했지만, 요리에 취미가 없는 내가 매번 요리를 해야 한다면,

1. 오늘은 뭘 먹지 고민하는 시간: 최소 10분
2. 장보는 시간: 최소 30~40분(고르고 줄 서는 시간 포함. 나는 줄 서는 시간이 너무 싫다. 아무리 맛집이라도 줄을 서서 기다려야 하는 곳이라면 그냥 포기한다)
3. 재료를 준비하고 요리하는 시간: 최소 30~40분
4. 먹는 시간: 10분
5. 뒷정리와 설거지하는 시간: 20~30분
6. 처치 곤란인 남은 재료를 소분해 담고 다음에 이걸 어떻게 써야 할까 고민하는 시간: 10분
7. 그러다 결국 버리게 된다

밥은 하루에 최소 두 끼를 먹어야 한다. 시간이 곧 돈이라고 했을 때 이 백반집이 주는 가치는 실로 어마어마하다. 나는 이 식당에서 10분 만에 밥을 먹고 나머지 시간을 몽땅 글쓰기에 집중할 수 있다.

"시간이 돈이다."

이 말을 실감하는 순간, 우리 안의 부자 씨앗이 싹을 틔웠다고 봐도 좋다. 시간이 곧 돈이라는 것을 내가 처음으로 체감한 순간은 서점에서 책을 살 때였다. 대부호 프로젝트를 시작할 때만 해도 책은 무조건 도서관에서 빌려 봤다. 그때는 책을 살 경제적 여유가 없었기 때문에 보고 싶은 책은 도서관에 희망도서로 신청해놓고 다른 책을 읽으며 기다렸다. 그리고 읽은 책이 정말로 소장가치가 있다는 생각이 들면 샀다. 하지만 언제부턴가 읽고 싶은 책이 있을 땐 곧바로 서점으로 간다. 도서관이 여는 시간에 맞춰 가서, 희망도서를 적고 기다리는 것보다 빨리 책을 사서 읽고 내 것으로 만드는 것이 더 효율적이다.

돈보다 귀한 것이 시간이라는 말을 체감하게 된 순간부

터 놀랍게도 나는 더 이상 돈 걱정을 하지 않는다. 대신 어떻게 시간을 벌 것인가를 고민한다. 대부호 프로젝트를 시작했던 1년 전에는 "무조건 허리띠를 졸라매자, 돈을 최대한 아끼자"가 목표였다면 이제는 "시간 관리를 잘하자, 시간을 제대로 쓰자"가 목표가 되었다.

그리하여 2020년 6월부터 월급이 삭감되는 것을 감수하고 주 4일 나가던 치과 근무를 주 3일로 줄였다. 드디어 치과 3일, 글쓰기 4일 체계로 바뀌게 된 것이다.

여전히 주된 고정수입은 치과가 제일 크기 때문에 아직 치과를 그만둘 생각은 없다. 대신 예전에는 추가 근무 수당을 받기 위해 자진해서 주 5일 근무를 하곤 했지만, 이제는 치과에 가서 일하는 시간보다 책상에 앉아 글을 쓰는 시간이 더 효율적이라는 생각이 들어 초과 근무도 잘 하지 않는다. 출간 준비도 해야 하고, 블로그에 새 글도 써야 하고, 거기에 드라마 대본도 새로 쓰기 시작해 글쓰기 4일로도 부족하다. 그렇기에 요즘 나의 주 관심사는 시간 관리가 될 수밖에 없다. 다행히 나는 대부호 프로젝트를 시작하기 전부터 종종 시계부를 써오고 있었기 때문에 크게 어렵지는 않다.

시간 관리의 기본.

시계부.

'부'로 끝나는 것 중에는 그다지 재미있는 것이 없다. 가계부, 차계부, 금전출납부… 하지만 시계부는 그나마 좀 나은 편이다. 가계부를 쓰는 데 번번이 실패했던 나도 시계부는 별다른 스트레스 없이 쓰게 된다.

내가 시계부를 처음 쓰기 시작한 것은 2018년이다. 그때는 시간 관리라는 개념도 없을 때였다. 난생처음으로 드라마 대본을 쓰면서 도대체 어떻게 해야 회사 미팅에서 거절당하지 않을 대본을 쓸 것인가를 고민하다가 자연스럽게 하루의 계획표를 짜게 되었고, 이제 보니 그것이 틀림없는 시계부였다.

시계부는 하루를 30분 단위로 나눠 작성을 하는 게 정석이라고 한다. 빌 게이츠는 일주일 계획을 한 번에 스케줄링하고 분 단위로 시간을 정확하게 지킨다고 하지만 우리는 아직 그 정도 부자는 아니니까 조금 널널하게 시작해도 부족하지 않다.

나는 주로 잠자기 전 내일을 생각하며 하루짜리 시계부

를 쓴다. 예를 들면 이 글을 쓰고 있는 지금(2020년 6월 27일 금요일 밤 11시) 내일의 시계부를 써보자면,

6월 28일 토요일

아침 7시 30분	기상, 아침에 물 한 잔, 푸시업 30개, 세수
아침 8시	지하철역으로 가기
아침 8시 20분	치과 앞 파리바게트에서 단팥빵 하나 사서 출근(원래 치과 출근은 9시 10분까지인데 보통 20~30분 일찍 간다)
아침 8시 30분	따뜻한 차와 함께 빵 먹으며 경제신문 읽기
아침 9시	치과 근무 시작
오후 2시	치과 퇴근
오후 2시 30분	교보문고 둘러보기(사야 할 책:『남몰래 준비하는 개인사업자들을 위한 절세전략』)
오후 3시	낮잠 한 시간
오후 4시	카페 또는 집에서 글쓰기(브런치 글 최소 두 편 수정 혹은 새 글 주제 정해서 밑그림 그리기)

오후 7시	저녁식사(주말은 백반집이 쉬는 날이라 아마도 떡볶이에 김밥) + 내일 들어올 새로운 하우스메이트에게 연락하기
오후 8시	책 읽기(조 지라드의 『누구에게나 최고의 하루가 있다』 끝까지 읽기)
오후 9시 30분	화장실 청소
오후 10시	자유 시간
밤 12시	취침

어머, 이렇게 쓰고 보니 나도 이제는 꽤나 섬세하게 시계부를 쓰는 사람이 되어버렸네? 정말 대부호가 되려나 보다.

시간을 1시간 단위로 나눠 쓰든, 30분 단위로 나눠 쓰든, 그냥 투 두 리스트(To do list)만 쓰든 상관없다. 시계부의 핵심은 잠들기 전, 내일을 생각하면서 내가 할 일을 스스로 정하고 움직이는 데 있다. 내 인생의 핸들은 내가 꺾는 방향으로 간다. 이렇게 하루의 시계부가 적응이 되면,

빌 게이츠처럼 일주일 단위 계획을 짤 수도 있고, 더 나아가 우리들의 '부자 언니' 유수진 씨처럼 10년짜리 로드맵까지 그릴 수 있게 될 것이다.

　나는 마흔다섯 살까지 10억 원 모으기라는 목표만 있을 뿐, 지금까지 주 단위 계획이나 10년짜리 로드맵은 짜 본 적이 없다. 어쩌면 변명처럼 들릴 수 있겠지만 내가 우연한 기회에 부천이라는 낯선 도시에 오게 되었고, 우연한 기회에 돈 공부를 시작하게 된 것처럼 인생의 강력한 변화는 의외로 생각지도 못한 우연들이 만들어낸다고 생각하기 때문이다.

　다만 종종 생각하는 시간을 가진다. 세계 최고 대부호 빌 게이츠처럼 일주일간의 '생각 주간'을 정해 책을 가득 넣은 에코백을 들고 호숫가의 집으로 들어갈 정도의 여유는 없지만 그래도 일주일에 몇 시간 정도는 침대에 드러누워 천장을 보면서, 때로는 책상에 앉아 달력을 넘겨 보기도 하고 다이어리와 노트에 떠오르는 것들을 쓰기도 하면서 혼자만의 생각의 시간을 갖는다.

　대체로 지난달에 인상적이었던 일, 이제껏 내가 만났던

사람들, 이번 달에 꼭 해야 할 것, 올해 꼭 이루고 싶은 것 등을 생각한다. 가끔은 내년에는 어떤 일이 생길까를 짐작해보기도 하고, 잘 그려지는 않지만 먼 훗날을 희미하게 떠올려보기도 한다. 그러다 보면 몇 년 뒤를 상상해보는 이유가 무엇인지, 시계부를 써가면서까지 꼭 이루고 싶은 것과 그 이유가 무엇인지, 삶에서 내가 원하고 추구하는 것이 무엇인지까지 생각해보게 된다.

내 인생은 10년을 주기로 큰 변화가 있었다. 열여덟 살부터 스물여덟 살까지 내가 집중했던 것은 연애였고 거기에 대부분의 시간을 쏟았다. 스물여덟 살부터 서른여덟 살까지 나의 화두는 사랑이었고 이제는 사랑이 무엇인지 어렴풋이 알게 되었다. 서른여덟 살부터는 갑자기 관심이 돈으로 바뀌었다. 이대로 마흔여덟 살까지 10년이란 시간을 투자한 후에는 돈에 대해 어렴풋이 알게 되지 않을까.

마흔여덟 살 이후는… 잘 모르겠다.

마흔여덟 살 이후의 김얀은 무엇을 좇고 있을까? 어떻게 살고 있을까?

현재의 바람대로 창문 너머로 초록이 많이 보이는 고요

한 집에서 돈 걱정 없이 글을 쓰며 살고 있을까?

그때 내 옆에는 누가 있을까? 내 인생의 화두는 무엇으로 바뀌어 있을까? 도무지 감이 잡히지 않지만, 그때나 지금이나 내가 쓰는 시간과 글이 나를 말해줄 거라고 확신한다.

그러니 소중한 순간들을 자주 만들고 되새기자.

나를 괴롭게 하는 것에 시간을 낭비하지 말자.

계획과 우연, 나의 세계와 타인의 세계가 적절하게 섞일 수 있는 적당한 틈 유지하기.

10년 후에도 그런 균형을 잡기 위한 나만의 생각 시간을 보내고 있다면 꽤 괜찮은 인생이 아닐까?

일단 쪼개고 이름을 붙여라

사업에는 '흑자도산'이라는 말이 있다.

흑자.

도산.

단순히 생각해도 적자는 마이너스(-), 흑자는 플러스(+)인데 어떻게 흑자라는 단어 뒤에 도산이라는 무시무시한 단어가 붙을 수 있을까? 아무래도 이해가 안 된다. 그렇다면 사전을 찾아볼 시간.

흑자도산(黑字倒産)

기업이 흑자 경영을 하면서도 자금 회전이 잘 되지 않아 도산하는 일.

즉 재무제표상으로 플러스가 나고 있는 상황에서도 자금 회전이 잘 되지 않으면 도산을 한다. 일반 기업들은 타기업과 은행에서 어음이나 수표 거래를 할 때가 많은데 이것을 융통할 현금이 없으면 재무상 흑자가 나더라도 도산을 하게 된다는 것이다. 그만큼 기업에서는 현금 흐름(Cash flow)이 중요하다.

사업에서 현금 흐름의 중요성은 두말할 필요가 없다. 우리의 이웃나라 일본에 아주 독특한 경영철학으로 유명한 사장이 있다. '사장들의 사장'이라 불리는, 주식회사무사시노의 고야마 노보루 사장이다. 그는 우리 돈으로 1,000만 원이 넘는 수업료를 받고 타 회사 사장에게 경영 노하우를 가르치는 것으로 유명한데, 그가 사장들에게 첫 번째로 가르치는 것이 현금 흐름이다(그의 사장 수업이 궁금하다면 『하루 수업료 350만 원!! 삼류 사장이 일류가 되는 40가지 비법』(김선숙 옮김, BM성안당 2017)을 보시라). 핵심은 현금이 적절하게 채워져 돌지 않으면 기업은 살아남을 수가 없다. 그런데 현금 흐름이 과연 기업만의 문제일까?

성인이 되어 독립된 가계를 꾸리고 있다면 우리는 그 자체로 하나의 기업이라 볼 수 있다. 나는 미혼에 먹여 살려야 할 자식이 없는 1인 기업이지만, 결혼을 해서 배우자가 있는 사람은 2인 기업, 4인 가족은 4인 기업이나 다름없다. 그러니 가정을 경영하는 데도 현금 흐름이 정말 중요하다.

가정경제에서 현금 흐름의 중요성은 멀리 갈 것도 없다. 불과 2년 전의 김양을 보면 알 수 있다. 명백히 서류상에 적힌 돈은 있는데 실제 들어오는 돈은 없으니 돈줄이 꽉 막혀 '돈맥경화'에 걸려버렸다.

(주)김양은 흑자도산 직전이다.

분명히 계약서에는 사인이 되어 있고 들어올 돈이 있었지만 받지 못하고, 그나마 모아둔 목돈은 전세금으로 묶인 상황이다. 서류상에는 내 돈들이 숫자로 적혀 있지만, 융통할 수 있는 현금이 없었다.

사치라는 걸 해본 적이 없는 나도 그때는 이렇다 할 짠테크 요령이 없으니 숨만 쉬어도 150만 원은 나갔다. 생활비뿐인가? 생각지도 못한 지출이 쌓여 가족에게 손을 벌리거나, 호주에서 벌어온 돈을 환전해 써가며 버텨보았지만 결국 돈맥경화를 피할 길이 없었다.

현대인의 고질병, 돈맥경화의 주요 증세

1. 매달 1일 5일 9일 15일 25일, 즉 카드값 결제일만 다가오면 불안 초조.

2. 가족이나 친구들의 특별한 날, 생일, 어버이날, 스승의 날, 결혼식, 돌잔치, 집들이 등 마음과 함께 돈이 나가야 하는 일을 앞두고 생기는 우울감.

3. 가족(혹은 친구, 연인) 간에 오고 가는 싫은 소리(예를 들면 "돈 좀 있니…")로 인한 불화와 잦은 다툼.

4. 소액이라도 자꾸 뽑아 쓰게 되는 신용카드 현금 서비스(신용 등급을 떨어뜨리는 아주 나쁜 습관)와 마왕보다 무섭다는 '마통(마이너스 통장)'의 늪에 빠져 자포자기(마이너스 통장은 빨리 상환하지 않으면 이자에도 이자가 붙어 일반 대출보다 이율이 더 높아질 수 있다. 게다가 마이너스 통장에 한번 발을 들이면 원금을 갚고 빠져나오는 사람이 별로 없다).

5. 누구를 만나든 본인이 할 얘기는 신세한탄뿐이다 보니 건강한 주변인과 점점 멀어짐에서 오는 고독과 외로움.

그래, 언제까지 이렇게 살 수 없다. 이번 돈 공부를 기회로 (주)김얀은 뼈를 깎는 구조조정에 들어가기로 결심했다. 열심히 돈맥경화 탈출법을 연구한 결과 신기하게도 현대인의 성인병 '동맥경화'와 치료법이 같았다.

1. 건강한 식습관

과식, 과음, 배달 음식 금지. 특히 배달 음식은 주로 야식으로 먹게 되고 배달이 가능한 금액을 채우려 필요하지 않은 메뉴를 추가해야 할 때가 많다. 음식이 담긴 플라스틱 용기들은 환경에도 좋지 않다. 저녁 7시 전에 꼭 저녁을 먹고 식사 후 양치질을 한 뒤 물 외에는 아무것도 먹지 않는다. 앞서 말했던 공복 14시간 간헐적 단식이 큰 도움이 된다. 건강 관리뿐 아니라 식비까지 절약되어 굳이 짠테크 때문에 스트레스를 받지 않아도 된다.

2. 건강한 생활 습관

주 3회 이상 가벼운 운동과 충분한 수면. 개인 트레이너와 함께 근력 운동을 열심히 했던 적도 있지만, 운동하고 단백질 챙겨 먹고 근육을 유지하는 것에 온 신경을 쓰게 되

어 스트레스를 받았다. 요즘은 하루 1만 보 걷기와 아침저녁 푸시업으로 축소했다. 헬스장 가는 시간도 절약되고 가벼운 몸과 적당한 근력을 유지할 수 있어 좋다. 잠은 절대 줄이지 않고 항상 6~8시간은 자려고 노력한다.

3. 전문의와 상담 후 적절한 약물 치료와 시술
돈 관련 책 읽기, 돈 공부. 특히 통장 쪼개기.

3번, 전문의와 상담 후 적절한 시술이라고 해서 기본도 없는 와중에 무턱대고 '자산관리사'라는 사람들을 만나지 않기를 바란다. 그들의 최종 목적은 우리에게 '변액유니버셜'로 시작하는 상품을 파는 것이다. 기본기도 없이 그 사람들의 말만 믿고 투자 상품에 가입하는 것은 굉장히 리스크가 크다.

우선 스스로 책을 찾아 읽으며 돈 공부를 시작하는 자세가 필요한데, 그러다 보면 백이면 백 만나는 단어가 있다. 바로 '통장 쪼개기'다.

이 통장 쪼개기라는 개념을 스스로 적용할 수 있게 되

면 돈맥경화에서 탈출할 수 있음은 물론이고, 무엇보다 자산이 얼마 되지 않아도 부자의 기분을 느낄 수 있다. 재테크 책에서 언급되는 기본 중의 기본인 통장 쪼개기에 대해 알아보고 싶다면 인터넷 서점에서 '통장'이라고만 검색해도 고경호 씨가 쓴 『4개의 통장』(다산북스 2009)을 필두로 꽤 많은 책이 나오는데 아무 책이나 골라도 괜찮다.

통장 쪼개기의 핵심은 딱 두 가지다.

1. 통장 쪼개기를 시작하기 위해서는 고정적으로 들어오는 수입이 있어야 한다.
2. 자신만의 통장 쪼개기 방식을 만들 것.

그러므로 현재 직장이 없는 사람이라면 우선 구인구직 사이트를 뒤져서 단돈 100만 원이라도 매달 나에게 돈을 주는 곳으로 가야 한다. "뭐야, 회사 가기 싫어서 내가 이 책을 샀는데, 다시 그 지옥행 열차를 타라니!" 하는 소리가 들리는 것 같다. 미안하다, 일단 타야 한다(나도 이 통장 쪼개기를 하려고 매일 아침 1호선에 올라타 출근을 한다).

출근행 지옥 열차가 정말로 싫다는 사람들은 본인이 회

사를 직접 차리면 된다. 하지만 『미생』의 명대사 "회사가 전쟁터라면 밖은 지옥이야"라는 말처럼 준비가 되지 않은 사람에게는 어디든 지옥이 될 뿐이다. 창업을 생각하는 사람이야말로 관련 업계에서 몇 달이라도 월급쟁이 생활을 하며 준비 기간을 갖는 것이 필요하다.

자, 그럼 마음을 다잡고, 다달이 어디서 들어올 돈이 생겼다면 드디어 본격적인 통장 쪼개기로 들어갈 수가 있게 된다. 통장 쪼개기는 보통 4개의 통장을 만드는 것에서부터 시작한다.

1. **월급 통장**: 일명 수입 통장.
2. **지출 통장:** 카드값, 공과금 등이 빠져나가는 통장.
3. **목적성 저축 통장:** 주택 청약이든, 여행 통장이든, 1년에 1,000만 원 모으기 적금 통장이든 목돈 만들기 통장.
4. **비상금 통장:** 일반적으로 본인 월급의 세 배를 비상금 통장에 넣어둔다.

이렇게 4개의 통장에서 조금씩 자기만의 방식으로 통장 쪼개기를 수정해가면 된다. 나는 여기에 '통장 이름 짓기'라는 방법을 개발해보았다.

1. 어서 와 통장(수입 통장)

치과 아르바이트 월급이 들어오는 통장. 월급이 들어오는 즉시 나머지 세 개의 통장으로 돈이 빠져나가도록 한다. 월급날 25일 외에 이 통장의 잔고는 늘 0원으로 유지하는 것이 핵심이다.

2. 잘 가라 통장(지출 통장)

신용카드, 체크카드, 각종 공과금이 빠져나가는 통장. 매달 나가는 카드값의 날짜와 금액을 항상 잘 체크해두어야 한다.

3. 투자 연습 통장(주식 계좌)

치과 월급 200만 원은 이곳으로 옮겨, 고스란히 주식을 사는 데 쓰인다. 말 그대로 주식 투자 연습을 하기 위한 주식 거래 통장이다.

4. 주식 열매 통장(CMA 계좌)

나의 주식 철학은 하루에 1만 원 커피값 벌기. 그렇게 한 달에 30만 원 벌기가 목표였다. 주식으로 번 돈은 쓰지 않고 이곳에 보관했다가 좋은 주식에 재투자한다. 대개 동전주로 번 돈을 모아뒀다가 우량주, 배당주를 사라고 하는데 나는 시작부터 우량주, 배당주를 선호하는 편이다. 많이 못 먹어도 안전한 쪽을 택하는 것이 나의 투자 철학이다.

5. 부자 느낌 통장(비상금 통장)

통장 쪼개기의 최고 재미가 바로 이 통장에 있다. 나의 경우 미혼에 아직은 책임져야 할 식구가 없다 보니 월급의 100퍼센트만 현금으로 비축해두고 있어도 비상시 현금 흐름을 만드는 데 충분하다. 이 통장은 그저 쳐다보기만 해도 든든해진다.

개인에게도 현금 흐름이 중요하다는 게 참말인 것이 이 5번 계좌를 보고 있으면 통장에 돈이 찰랑찰랑할 때의 그 풍요로운 기분을 느낄 수 있다. 생각보다 지출이 많은 달에도, 좋아하는 작가의 신간이 나왔다고 해도, 엄마가 이모들과 함께 여행을 간다 해도, 친구들의 이사 소식을 듣거나

잘가라 통장
(보통 100만 원)
- 관리비
- 생활비 등의 카드값

잘가라...

어서 와 통장
치과 : 200만 원
쉐어 : 100만 원

쉐어하우스

치과월급

투자연습통장
(주식계좌)
200만 원을 시작으로
현재 1500만 원 운용중

짤까...!

주식 열매통장
(CMA 계좌)
매달 주식으로 번 돈은
쓰지 않고 이곳에 보관했다가
재투자 !
한달 30 ~ 60만 원정도

☆☆☆☆ 궁전의 여유
마음의 여유!

부자느낌통장
(일명 비상금 통장)
항상 200 ~ 300만 원유지

친구의 아이를 만날 때도 이 통장만 있으면 근심 걱정이 없다. 사사로운 돈 걱정에서 해방되어 나도 이제는 은혜를 돈으로 갚을 수 있다는 자신감이 생긴다. 이것이 대부호의 기분이 아닐까.

파이프라인

잠을 자는 동안에도 돈이 들어온다

그녀의 이름은 캐시.

캐시와 나는 에어비앤비 호스트와 게스트로 처음 만났다. 2019년 여름, 캐시는 강남에 있는 여성 전용 에어비앤비에 갔다가 내부 청소가 전혀 안 되어 있는 모습을 보고 급하게 부천까지 오게 되었다.

그녀는 청바지에 편한 티셔츠, 백팩 하나를 맨 단출한 차림이었고 말투에 나와 비슷한 억양이 묻어 있었다. 알고 보니 경남 김해 출신이란다.

1995년생. 2019년 한국 나이 25세.

1982년생인 나와는 띠동갑보다 많은 열세 살 차이였지만 우리는 금방 친구가 되었다. 호주에 있는 내 남자친구와 동갑이라 더 편하게 느껴진 것도 있었지만 그게 아니라도 캐시는 어느 호스트라도 좋아하지 않을 수 없는 게스트였다. 첫째 독립적이고, 둘째 예의 바르며, 셋째 항상 주변을 청결하게 하고, 넷째 다른 사람들과도 편안하게 잘 어울렸다.

어딜 가도 친구들에게 인기 만점일 게 분명한 매력적인 여성인 캐시는 의외로 집에만 있었다. 초등학교를 졸업하고 곧장 호주로 캐나다로 유학을 가는 바람에 한국에 있는 친구는 고작 두세 명뿐이라고 했다.

그녀가 마지막으로 살았던 곳은 뉴욕이다. 대학에서 심리학을 공부하고 대학원 입학을 기다리는 기간 동안 잠시 한국에 왔고, 미국에 있을 때 우연히 졸업영화 자막 번역을 도와주면서 알게 된 친구를 만나러 서울에 왔다고 했다.

캐시는 또래의 90년대생처럼 주로 유튜브를 보며 시간을 보내는 듯했다. 대부분의 시간을 무언가를 배우는 데 썼다. 특히나 우리 집 한구석에서 기타를 발견하곤 몇 시간 동안 꼼짝하지 않고 유튜브를 보며 기타를 튕기더니 그날 저녁 팝송 한 곡을 완전히 마스터했다. 공원 산책길에 놓인

피아노에 앉았을 때도 건반에 조심스레 손가락을 올리며 유튜브로 배운 게 다라서 잘 될지 모르겠다고 말하고는 이내 능숙하게 몇 곡을 쳤다.

캐시는 모든 것에 뛰어났다. 같이 초등학교 운동장을 달려도 나보다 저만치 앞에 있었고 철봉에 매달리기를 해도 훨씬 오래 버텼다. 신기해하는 나에게 캐시는 침착하게 요점을 가르쳐주었다.

"달리기를 할 때 속도를 내려면 딛는 앞발에 집중하는 것보다 뒤에 따라오는 발을 빨리 끌어올리는 것이 중요하대요."

영어는 또 어쩜 그렇게 이해하기 쉽게 쏙쏙 가르쳐주는지… 나는 일주일 만에 완전 캐시의 팬이 되어버려 2주간 연장 비용을 받지 않았다. 일종의 재능 물물교환이랄까? 정말로 캐시는 여러 면에서 배울 점이 많은 나의 선생님이었다.

어느 날 캐시에게 물었다.

"캐시, 너는 꿈이 뭐야?"

그러자 캐시는 잠시 고심하는 얼굴을 하더니 이내 또박또박 본인이 이루고 싶은 꿈을 말했고 나는 큰 충격을 받았다.

"음… 마흔 초반쯤에는 은퇴하고 경제적 자유를 얻고 싶어요."

경제적 자유?
부끄럽게도 나는 그 말을 처음 들어봤다. 경제적 자유라…
경제. 경제는 곧 돈이다. 이제까지 내가 알고 있던 돈이란 출근이자 억압이었고 골치와 고통이었다. 그렇기에 '경제'라는 단어와 파아란 하늘 아래 살랑대는 바람 같은 '자유'라는 단어는 절대 붙을 수 없는 상극의 관계라고 생각했다.
더욱 놀라웠던 건 경제적 자유를 말하는 캐시의 태도였다. 몇 주 동안 지내며 가까이서 본 캐시는 아주 검소하고 알뜰했지만, 돈을 생각하고 말하는 태도가 긍정적이고 돈을 많이 벌고 싶다는 그 모습이 너무나 당당하고 자연스러웠다.

"그… 그래… 그러면 경제적… 자유… 그런 걸 얻게 되면 뭘 하고 싶어?"

"음… 제가 돈을 많이 벌고 싶은 이유는 다른 사람들과 잘 지내고 싶어서예요. 내가 여유로워야 상대한테도 그럴 수 있잖아요. 행복을 누리고 사랑을 나누려 여유를 벌고 싶은 거예요. 그럼 그때는 돈이 되든 안 되든 마음 편하게 제가 배우고 싶은 것 마음껏 배우고, 나누며 살고 싶어요."

뉴욕에서 제일 좋았던 곳이 어디냐는 질문에 "제 방이요"라며 웃던 캐시, 자신만의 공간에서 책을 읽고, 음악을 듣고, 뭔가를 배우는 시간이 그 어떤 것보다 좋다는 그녀는 그런 시간을 더욱 오래, 편안히 유지하기 위해 지금부터 열심히 움직일 수밖에 없다고 했다.

마흔 살쯤에 은퇴를 준비하려 계획을 세우던 야무진 캐

시와 당장 내일모레가 마흔인 나. 가뜩이나 집 대출을 알아보러 갔다가 연소득으로 개망신을 당하고 돈 공부에 바짝 물이 올라 있던 상황. 그래서 나도 당장 경제적 자유를 목표로 확실한 계획을 세우기로 했다. 당시 내 나이는 서른여덟 살. 목표는 마흔다섯 살에 10억 원 갖기. 앞으로 남은 시간은 7년. 시간이 없다. 우리는 '경제적 자유'를 위한 위대한 첫걸음으로 새로운 이름을 짓기로 했다. 아주 노골적이고 대놓고 돈을 부르는 이름으로.

그렇게 만들어진 이름이 바로 캐시(Cash)와 빌(Bill). 25세 캐시와 38세 빌의 경제적 자유를 향한 여정이 시작되었다.

늘 한국이 그리웠던 캐시는 결국 대학원 진학을 포기하고 취업 준비를 했다. 틈틈이 전화영어 아르바이트를 하면서 미래의 진로를 위해 국비지원 빅데이터 수업 과정에 등록했다. 20대인 캐시는 무조건 돈을 벌고 아끼기보다 배움과 경험에 투자하는 것을 더 중요하게 생각한다.

나는 어떻게든 집을 살 때 받은 대출과 엄마에게 빌린 돈을 갚고 캄캄한 앞날을 대비하기 위해 치과 아르바이트를 하며 닥치는 대로 돈 관련 책을 읽었다. 그렇게 몸과 머리를 부지런히 쓰며 공부하다 보니 '경제적 자유'처럼 생소하지만 신기한 단어 여러 개와 만나게 되었다.

그중에서 가장 신기했던 것이 '소극적 수입'과 '파이프라인'이다. 이 개념을 이해하면 월급 200만 원을 모조리 저금하는 마법 같은 일이 펼쳐진다.

자, 소극적 수입을 말하기 전에 먼저 '적극적 수입'의 개념을 알아보자. 적극적 수입이란 말 그대로 내가 적극적으로 몸을 움직여야 들어오는 수입을 말한다. 매일 출근해야 받을 수 있는 월급 같은 것이다. 나의 경우에는 치과 아르바이트가 적극적 수입이 된다.

대부분의 사람들은 이 적극적인 수입이 본인 수입의 전부이므로 월 200만 원을 벌면 저축은커녕 한 달 벌어 한 달 살기에도 빠듯하다. 나도 항상 그랬다.

그럼 이 뻔한 사이클에서 우리를 구원해줄 소극적 수입은 무엇인가? 영어로는 패시브 인컴(Passive income), 직역하자면 내가 소극적으로 움직여도 들어오는 수입이다. 다른 듯 비슷한 말로는 부수입, 불로소득 등이 있다.

워런 버핏은 "잠을 자는 동안에도 돈이 들어오는 방법

을 찾아내지 못한다면 당신은 죽을 때까지 일을 해야만 할 것이다"라고 말했다. 잠을 자는 동안에도 돈이 들어오게 하려면 소극적 수입이 있어야 한다. 예를 들면 건물에서 나오는 월세, 배당주 주식에서 나오는 배당금, 책의 인세, 유튜브나 블로그에서 발생하는 광고 수입, 남는 방을 이용한 룸메이트 구하기, 에어비앤비 등이 여기에 속한다(유튜브나 인터넷에서 '소극적 수입' '파이프라인'을 검색하면 그밖에도 다양한 방법이 나온다).

이렇게 적극적 수입 외에도 여러 방향에서 돈이 들어올 수 있도록 소극적 수입을 만들어놓는 것이 '소득의 파이프라인 만들기'다. 내가 치과에 다니자마자 월급 200만 원을 모두 저축할 수 있었던 것도 내가 구축해둔 소극적 수입, 즉 파이프라인 덕분이었다.

2020년 4월 김얀의 소득표를 예를 들어 설명해보자.

1. 치과 월급 200만 원. 기본 주 4일 근무에 추가 근무 1~3회를 더해 10~30만 원이 더 들어오게끔 했다. 여기까지는 일반적인 적극적 수입이다.
2. 우리 집을 셰어하우스로 만들기. 나는 파티션을 쳐

서 거실 한구석을 쓰고 방 세 개를 모두 하우스메이트로 채웠다. 무보증금에 공과금 포함, 1인 1실 원칙으로 큰방은 35만 원, 작은방 두 개는 각각 30만 원, 총 100만 원 정도의 수입이 생긴다.

3. 주식. 매달 들어오는 월급 200만 원으로 모은 종잣돈 1,500만 원을 가지고 하루에 1만 원, 한 달에 30만 원 수익을 목표로 굴리는 중이다. 이번 달은 배당받은 주식까지 환매해서 40만 원 수익을 얻었다.

4. 『오늘부터 돈독하게』 책 계약금 200만 원. 고정 수입은 아니지만 이 책은 계속해서 나의 파이프라인이 되어줄 것이다.

책 계약금을 빼더라도 월급은 200만 원이지만 다른 부수입으로 한 달에 140만 원을 더 벌었다. 1년으로 계산해보자면 연봉 2,500만 원에서 연봉 4,000만 원으로 훌쩍 뛰었다. 이것이 바로 파이프라인의 기적이다. 이미 짠테크가 몸에 배어 월 지출은 140만 원이면 충분하니 치과 월급을 모두 저축할 수 있다. 이렇게 되면 출근길 발걸음이 매우 가벼워진다. 어쨌든 출근만 하면 그 돈은 전부 주식 통장에 그대로 쌓이게 되므로.

　　그러나 정작 파이프라인에 대해 내가 하고 싶은 이야기는 따로 있다. 이렇게 말로는 간단한 개념이 실제 나의 일상에 자리를 잡기까지는 여러모로 녹록치 않았다는 점이다.

　　나도 지금이야 웃으며 말하지만, 파이프라인 구축에는 생각보다 많은 시간과 에너지가 들었다. 첫 번째로 포기해야 할 것은 '워크라이프 밸런스', 즉 워라밸이다. 소위 흙수저라 불리는 우리 같은 소시민이 단시간에 부자가 되기란 쉽지 않다. 거의 불가능하다고 봐야 한다. 그런 방법이 있다고 말하는 사람은 대개 다단계 아니면 사이비 종교다.

　　내가 집을 사자마자 셰어하우스를 구축할 수 있었던 건 지난 2년간 하루 1만 원짜리 에어비앤비로 기본을 다져놓았기 때문이다. 해가 좋은 날이면 소풍을 가는 게 아니라 세탁기 앞에서 이불 빨래가 돌아가길 기다리고, 갑자기 빗방울이 떨어진다 싶으면 재빨리 옥상으로 뛰어가 널어둔 베개와 이불솜을 걷어야 했다. 새벽 비행기를 타고 돌아가는 외국인 게스트가 있으면 새벽 4시에도 일어나 택시를 잡아줬다. 모처럼 고향에 내려가서 가족들과 즐거운 시간을 보내다가도 화장실 변기가 막혔다는 게스트의 연락에 서둘러 상경했다. 아무리 피곤해도 다음 날 체크인하는 게스트가 있다면 락스를 풀어 대청소를 했다. 이런 지난날이 있었기 때문에 지금의 100만 원이 있는 것이다.

주식은 또 어떻고? 종잣돈이 크지 않다 보니 하루 1만 원이라도 벌기 위해서는 매일 아침 출근길에 머니 레터를 읽고 장이 끝나면 네이버 증권에 들어가서 그날의 주식을 둘러보고 자기 전에는 경제신문을 읽어야 한다. 그렇게 해도 마이너스가 나고 물리는 주식이 생긴다.

결국 파이프라인이란 내가 노력하는 딱 그만큼만 만들어지는 것이지, 하늘에서 '옛다' 하고 뚝 떨어지는 게 아니다.

주 4일 치과 아르바이트(그중 야간 진료가 있는 이틀은 아침 9시부터 밤 9시까지 근무).

'김얀 집' 하우스메이트들의 집주인 언니.

그리고 글 쓰는 작가.

이 모든 걸 내가 세운 기준에 그나마 가깝게 도달하기

위해 나는 몇 달 전부터 아침 6시 기상을 목표로 아침형 인간이 되기로 했다. 아침에 눈을 뜨는 건 생각보다 어렵지 않았다. 어찌 됐든 알람을 맞춰놓으면 소리 때문에 눈을 뜰 수밖에 없다. 그보다 아침 6시에 일어나기 위해서는 밤 12시 전에 자리에 누워 눈을 감아야 한다는 것이 정말 힘들었다. 부드러운 밤의 시간, 내가 사랑한 밤의 시간, 그럼에도 목표를 위해서는 그 시간을 포기해야 한다.

때로는 집의 모든 방을 내주고 거실 한구석에 누워 억지로 눈을 감으면서 정말 이렇게까지 해야 하나 생각이 들 때가 있다. 그때마다 2019년 여름, 에어컨도 없던 집에서 그 한 곡을 마스터하겠다고 장장 6시간을 유튜브를 보며 기타를 껴안고 있던 캐시의 모습을 떠올리며 마음을 다잡는다.

무심히 돌아가는 선풍기 바람 앞에서
손가락 끝이 빨갛게 부을 때까지
구슬땀을 흘리면서도 기타를 놓지 않던 캐시.

덕분에 우리는 매일 저녁식사 후에 캐시의 기타 반주에

맞춰 신나게 노래를 부를 수 있었다.

현재는 지하철 노선으로 우리 집으로부터 정반대의 곳에서 열심히 코드를 짜고 있을 캐시. 나에게 처음으로 경제적 자유에 대해 알려주고, 목표선까지 제대로 빨리 뛰는 법을 가르쳐준 친절한 나의 선생님. 언젠가 우리가 목표로 했던 그곳 가까이에서 만나 다시 노래하고 웃을 수 있기를.

우리는 반드시 그렇게 될 거야. 캐시!

우리는 반드시 그렇게 될 거야.

파이프라인

돈 독

돈 독의 크기가 곧 상상력의 크기

Pot of gold.

직역하자면 금화가 든 항아리. 일명 돈 독.

우리는 모두 자신만의 돈 독을 가지고 있다. 다만 그 돈 독의 크기가, 그 안에서 찰랑거리는 돈의 무게가 각기 다를 뿐이다.

사실 나도 내 돈 독의 존재를 몰랐다. 돈에 관심이 없기도 했고 누구 하나 제대로 가르쳐준 사람이 없었다. 평범보다 조금 모자란 집안에서 자라 지금껏 큰돈 없이 살아왔기에 돈을 몰라도 크게 불편하지 않았다.

나는 적게 벌어 적게 쓰는 삶도 좋았다. 식도락을 즐기는 편도 아니고 사치품에도 관심이 없었기 때문에 매달 200만 원 정도만 들어와준다면 평생 혼자 사는 데 지장이 없을 것 같았다. 그저 평생 글을 쓰며 살 수만 있다면.

평생 글을 쓰며 산다고 생각하면 미래가 크게 걱정되지 않았다. 나이가 들어도 고기집에서 불판을 갈거나, 요양병원에서 간병 일을 하면 200만 원 정도는 벌 수 있으니까. 직업에는 귀천이 없다. 매일 반복되는 일상에서도 작은 행복들을 발견하는 눈을 가지고 있다면 그만이다.

그래서 몇 년 전에 구청에서 주최하는 산후도우미 교육 과정을 수료했고 요가 강사 2급 자격증을 따놓기도 했다. 나는 내 나름대로 미래를 준비하고 있었다.

그런데 돈 공부를 하고부터 내 돈 독의 크기란 내 상상력의 크기일지도 모르겠다는 생각이 들었다. 고기집 아르바이트나 산후도우미 같은 직업의 문제가 아니라 왜 나는 벌 수 있는 돈의 크기를 200만 원에 맞춰놓고 생각했느냐 하는 것이다. 매일 반복되는 일상에서도 작은 행복을 발견하길 바란다면 조금 더 큰 세계, 내가 모르는 분야에 도전해서 이제껏 내가 몰랐던 행복들을 발견할 수도 있을 텐데

말이다.

굳이 꼭 하던 대로 200만 원의 월급을 받는 일이 아닌 직접 사업체를 운영하거나 건물주가 되어 글을 쓸 수도 있다. 내 건물을 예술인 세입자로 채워 예술 빌딩으로 만들 수도 있다. 1년에 1,000억 원을 버는 작가와 동시대를 살고 있으면서도 왜 나는 내가 벌 수 있는 돈의 크기를 200만 원으로 한정 지었을까.

이유는 간단했다. 내가 지금까지 사회생활을 하며 받았던 월급은 모두 200만 원 언저리였다. 우리 부모님 역시도 평생을 월 200만 원 언저리로 벌어 나를 키웠다. 작가가 되고 나서 (운이 좋으면) 분기별로 받았던 인세도 200만 원 내외였다.

그랬기 때문에 내가 상상할 수 있는 돈의 크기란 언제나 월 200만 원이었고, 고로 내가 가진 '큰돈'의 개념은 200만 원에서 몇천만 원 정도를 넘어설 수 없었던 것이다. 숫자에 0이 7개가 넘어가는 액수를 보면 그때부터 미간에 주름이 잡히면서 머리가 어지러웠다.

그러다가 우연찮게 대출을 받아 내 집을 사면서 확실히

내가 가진 돈 독의 크기가 한 단계 커졌음을 느꼈다.

경기도 부천역 근처, 2007년식 42제곱미터 빌라.

남들 눈에는 그저 흔한 빌라처럼 보이겠지만, 내 생애 첫 주택이 된 이 빌라는 나에게 아주 특별하다. 매매가 1억 2,500만 원.

125,000,000원.

난생처음 0이 8개가 들어가는 억 단위의 거래였다.

마흔이 다 되어가도록 내가 '자가'를 고려하지 못했던 이유는 남의 돈을 빌리는 것은 절대 하지 말아야 할 일이라고 생각했기 때문이다. 어릴 때부터 생활비나 나와 언니의 학비 때문에 친척들에게 빚을 내서 우리를 키우셨던 부모님을 보면서 빚이란 나쁜 것이고, 고단한 일이라고만 여겼다. 그런데 돈 공부를 하면서 빚에도 착한 빚과 나쁜 빚이 있다는 것을 알게 되었다. 보통 신용카드 현금 서비스나 마이너스 통장으로 내는 빚은 나쁜 빚에 속하고, 실거주나 투자를 위한 주택 담보 대출은 착한 빚이라고 한다. 그러고 보니 돈이 많은 부자들은 자기 돈이 있어도 일부러 빚을 내기도 하고, 그 빚을 레버리지로 이용해 더욱 부자가 된다. 나도 마찬가지로 대출을 이용해 집을 사면서 돈 공부를 시작하게 되었고, 돈 독의 크기를 한 단계 넓혔으니 전형적인 '빚'이 '빛'이 된 케이스다.

드디어 생애 첫 내 집의 잔금을 치르는 날, 나는 한 푼이라도 아껴볼 요량으로 셀프 등기를 공부하기도 했지만, 양쪽 모두 대출이 걸려 있던 터라 깨끗하게 포기하고 법무사에게 맡기기로 했다. 은행 법무팀 직원과 부동산 중개인, 매도인 그리고 매수인이 된 내가 한자리에 모였다.

조그만 빌라 하나를 거래하는 데도 이렇게 여러 명이 필요하다니, 계약서 한 장을 두고 모두가 각자 맡은 일을 프로페셔널하게 처리하는 모습이 무척 인상적이었고 감사했다.

넝마처럼 떠돌며 글만 쓰고 살 때는 절대 만날 일이 없는 사람들이었고, 겪을 수 없었던 감정이었다. 이제껏 내가 몰랐던 세계와의 만남은 역시 내 상상력의 크기가 넓어지는 중요한 경험이 되었다.

당연히 모두가 지금 당장 대출을 받아 집을 살 수는 없다. 그래도 한 달에 40~50만 원씩 월세를 내는 사람이라면 전세자금 대출이나 셰어하우스 등을 이용해 주거비를 낮추고 목적 통장을 만들어 미래를 준비해보는 것도 좋겠다. 굳이 내 집 마련이 아니더라도 자잘한 쇼핑으로 스트레스를 푸는 방법 말고, 좋아하는 브랜드의 주식을 사보는 것역시 돈 독을 키우는 방법이 될 수 있다.

실제로 주식을 시작하면 경제면 기사도 한 번 더 들춰보게 되고, 네이트판이나 쇼핑몰 사이트에서 멈췄던 나의관심사가 조금씩 확장된다. 그렇게 관심사가 넓어지다 보면 예전이라면 전혀 생각지도 못했을 그룹의 사람들, 또 다른 세계와 만나게 된다.

늘 보던 사람들과 늘 하던 이야기에서 벗어나 새로운주제의 대화를 시작해보는 것만으로도 나의 생각과 경험의 폭이 크게 확장될 수 있다.

한 번도 가보지 못했던 세계에서 새롭게 만난 사람들과새로운 이야기를 찾아가는 것은 다른 차원으로 가는 여행이다. 굳이 비행기를 타고 어디로 떠나야만 여행이 아니라는 것을 나는 돈을 공부하며 배웠다. 그렇게 나의 돈 독을보석 같은 사람들로 채우며 코로나19로 하늘길이 막힌 지금도 나는 여전히 낯선 곳을 유랑 중이다.

돈 독

돈 독을 키우자! 상상력을 키우자!

3장

마무리 운동

돈과 나,
이제는
돈독한 우리

돈

믿어도 되는 존재

나는 왕년에 제법 잘나가던 연애/섹스 칼럼니스트였다.『한겨레』오피니언 사이트에서 최초로 섹스 칼럼을 맡은 것을 시작으로『코스모폴리탄』『얼루어』『엘르』『싱글즈』『마리끌레르』『하퍼스 바자』『GQ』『젠틀맨』등 한국 서점에서 볼 수 있는 거의 모든 월간지에 기고 요청을 받아 글을 썼다. 그뿐인가. 대한민국 육해공군이 보는 병영 잡지『HIM』에 고정 칼럼을 연재했고, 한국에 처음 론칭한 해외 콘돔 브랜드의 전속 칼럼니스트로 활동했다. 어느 달에는 무려 네 곳의 월간지에 내 글이 실렸다. 페이지당 5만 원으로 시작한 고료는 A4 한 장에 30만 원까지 올랐다. 이를 테면, 섹스 칼럼계의 대스타였다고나 할까?

내 이름으로 된 단행본은커녕 일기조차 제대로 써본 적 없던 내가 어떻게 이렇게 단시간에 화려한 경력을 쌓을 수 있었던 걸까? 심지어 나는 어디에도 먼저 투고한 적이 없고 신문사며 잡지사에서 먼저 연락을 해왔다. 내 글이 그만큼 대단했나? 아니, 그건 아니었고 이유는 간단했다.

지금으로부터 어언 10년 전에는 나처럼 얼굴을 드러내 놓고 섹스에 대해 떠드는 여자가 거의 없었다. 이제는 다양한 소재와 시각으로 섹스에 대해 쓰는 멋진 여성들이 꽤 있지만, 10년 전만 해도 얼굴과 이름을 다 공개하고, 결혼도 안 한 여자가, 자기의 경험을 줄줄 읊어대는 것이 신기했나보다. 물론 이전에도 여성지에는 섹스에 관한 글이 빠지지 않고 실려 있었지만, 아마도 각 잡지사의 에디터들이 돌아가면서 썼을, 뻔한 이야기들이 되풀이되고 있는 실정이었다(그래도 섹스에 관한 이야기는 언제나 흥미로웠기 때문에 나는 항상 찾아 읽어보곤 했다).

당시의 여성지의 섹스 칼럼을 대충 요약해보자면,

1. 수십 가지의 이상한 체위가 그려진 그림과 함께 카

마스트라를 기반으로 한 "오르가슴을 부르는 69가지 체위" 같은 글.

– 나의 경험상 오르가슴은 체위를 많이 바꾸지 않을 때 올 확률이 높다. 바이브레이터 같은 '반려 가전'의 힘을 빌린다면 몸 하나 까딱하지 않고, 단 몇 분 만에도 불러올 수가 있다.

2. "킨제이 보고서에 따르면"이라는 말로 시작해 글쓴이의 체험이나 감정은 쏙 빼고 두루뭉술하게 '카더라'로 끝나는 이야기.

– 50년도 더 전에, 미국 그것도 백인 중심의 연구 자료를 내세운 글에 기대는 것보다 현재 내가 살고 있는 한국에서 나와 내 주변 사람들이 겪은 일에 기초한 글이 한국 독자들에게 더 설득력 있게 들리지 않을까.

3. "내 남편의 바람기를 잡는 명기되는 법"이라는 주부 대상 잡지의 섹스 칼럼.

– 이런 칼럼은 백이면 백 케겔운동에 관한 이야기고

다음 페이지에는 이상한 옥구슬같이 생긴 케겔운동 보조 제품이나 산부인과의 '이쁜이 수술' 광고가 있다. 운동은 내 몸을 위해 중요하지만 그것이 '명기'가 되기 위한 목적이라는 건 너무 비참하지 않나. 어떻게 하면 남자를 만족시켜줄지를 연구하는 것보다 어떻게 하면 내가 더 많이 느낄 수 있을까, 나를 더 만족시켜줄 남자를 찾을 수 있을까를 고민하는 게 나에게 더 중요하지 않나.

이렇게 당시에는 여성을 독자로 한 섹스 칼럼조차도 여성은 섹스의 주체가 되기보다 욕망의 대상에만 머물러 있었다. 낮에는 현모양처 밤에는 창부가 되어야 하고, 섹시하되 경험이 많아서는 안 된다. 이런 가부장 사회가 만들어놓은 프레임에 우리의 몸과 뇌를 맞추고 있다는 것은 비단 침대 위의 문제만이 아니었다.

그리하여 나는 내 경험과 내 몸과 내 감정을 스스로 연구하는 입장에서 쓰기 시작했다. 더 많은 한국의 여성들이 자신을 바라볼 수 있는 섹스 칼럼이 되길 바랐다. 다행히도 이런 생각을 좋게 봐준 독자들이 많았던 덕분에 나는 여러

매체에 연애와 섹스, 그리고 사랑에 관한 글을 쓸 수 있었고 TV 출연 제의까지 받게 되었다.

처음에는 호기심에, 책을 출간한 후에는 방송에 나가면 책이 좀더 팔리지 않을까 싶어서 수락을 하긴 했지만 안타깝게도 나는 방송형 인간이 아니었다. 특히나 방송에서 요구하는 '연애 전문가' 역할에는 더욱 맞지 않았다. 남의 연애사에 이러쿵저러쿵 말 거들기 정도야 나도 할 수 있었지만, 연애 전문가라는 타이틀을 단 이상 똑 부러지는 답을 내놔야 했다. 방송에서 요구하고, 사람들이 알고 싶어 하는 질문들이 내 기준에서는 너무 어려웠다. 녹화일이 다가오면 통 잠을 못 잤고, 녹화 당일에는 거의 울상이 되어 방송국에 갔다.

내 연애 경력이 부족해서? 아니올시다. 연애 경력으로 따지자면 나는 최소 연애 석박 통합 과정 출신에 해외 유학파라고 해도 과언이 아니다.

중학교 2학년 때 교내 등나무에 앉아 나눴던 첫키스부터 캠퍼스 커플, 장거리 연애, 곰신(군대 간 애인을 기다리는 고무신의 줄임말), 연상연하, 국제 연애, 원 나이트 스탠드, 5년 이상 장기 연애, 양다리, 잠수 이별 등 웬만한 경험은

다 해봤다. 현재도 열세 살 연하의 남자친구와 6년째 연애 중이다. 경력으로만 따지자면 어디 가서 꿀릴 것이 없다. 연애 문제로는 누구한테 상담을 받아본 적도 없고 그냥 내 마음 내키는 대로 만나고 살았다. 그랬기 때문에 더욱더 속 시원한 답을 해줄 수가 없었다.

연애상담에서 흔히 받는 질문들이란 주로 이렇다.

Q. 소개팅에서 성공적으로 애프터를 받는 법은 뭔가요?

A. 죄송하게도 저는 지금까지 소개팅을 한 번도 해본 적이 없어서…

Q. (사연 소개 후) 요즘 들어 마음이 변해버린 듯한 남자친구, 이 남자 정말 왜 이러는 걸까요?

A. 매일 통화하고, 살을 섞던 본인도 모르는 그 남자의 마음을… 얼굴 한 번 본 적 없는 제가 어떻게 알 수 있을까요… 사실 저는 제 맘도 잘 모를 때가 많아요…

Q. 어디로 가야 좋은 인연을 만날 수 있을까요?

A. 저는 주로 길에서 헌팅을 했습니다…

Q. (다들 눈이 동그래지면서) 그건 너무 위험하지 않나요? 요
즘 이상한 사람들이 얼마나 많은데 어떤 사람인 줄 알고
번호를 주세요?

A. 그래서 저는 제가 먼저 달라고 했는데…

이렇게 솔직하게 말을 하면 나는 금방 이상한 사람이
되어버렸고, 그래도 성의 있게 나의 연애관을 말하면 예능
은 곧 다큐가 되어버렸다. 어차피 제한된 시간 안에 시원한
답을 주고 끝내야 하는 방송에서 이런 내 대답은 좋은 호응
을 얻지 못했다. 나중에는 어쩔 수 없이 대본에 적힌 대로
읽었다. 그렇게 방송을 끝내고 집으로 돌아오면 지금 내가
뭘 하고 있는 건지 회의감이 들었다.

내가 호주에서 제이를 만날 때도 서른세 살 여자가 스
무 살 남자를 만난다고 다들 뒤에서 미쳤다고 욕을 했다.
그렇지만 그때 만났던 커플 중 6년이 지난 지금까지 연애
를 이어가는 커플은 우리밖에 없다. 띠동갑이 넘는 나이
차, 한국과 호주라는 장거리 연애, 한국과 태국이라는 국제
연애에도 불구하고 여전히 연애가 가능한 이유에 대해서
말해보라면 역시나 모르겠다. 제이에게 물어봐도 "음… 글

쎄, 우리 둘 다 바보라서?" 하고 웃고 만다.

이렇게 인생의 3분의 2를 연애에 매달려온 사람도 타인의 연애 문제에 대해서는 답을 줄 수가 없다. 내가 해줄 수 있는 말이라곤 연애 전문가니, 픽업 아티스트니, 뭔가 해법을 제시해주겠다는 사람들이야말로 정답의 가장 반대편에 있다는 정도다. 그래서 나는 연애상담을 받지도, 하지도 않는다. 연애는 나와 상대편, 둘이 하는 거라서 나 혼자만 애를 쓰면 어떤 문제도 해결되지 않는다. 차라리 연애보다 돈이 쉽고 명확하다. 돈은 나 혼자라도 정신을 차리고 애를 쓰면 그래도 승산이 있다.

실제로 돈 공부를 시작하고 놀랐던 점이 돈의 세계에는 확실한 공식들이 존재한다는 것이었다. 돈을 모으는 공식, 올바른 투자를 하는 공식, 절세를 위한 공식, 회사원으로 성공하는 공식, 부자가 되는 공식 등. 게다가 하나씩 따라 해보면 돈은 정말로 응답한다. 그제야 돈은 관심을 가지고 시간과 정성을 보여주면 반드시 보답한다는 부자들의 말이 참말이구나 싶었다.

나는 언제나 확신에 찬 사람보다 조금 주저하는 사람들을 신뢰했다. 하지만 돈에 있어서는 자신 있게 말할 수 있을 것 같다.

나 없인 단 하루도 살 수가 없다며 전화기를 붙잡고 밤새도록 사랑을 속삭였던 그 남자는 지금 어디에 있나. 죽었나? 살았나? 알 수가 없다. 차단한 카카오톡 프로필 사진을 보니 벌써 애가 둘이더라. 변하는 건 사람이지 돈이 아니다.

애인은 변해도 돈은 변하지 않는다.

그러니 이제는 나의 작은 돈에게도 좀더 관심을 주자. 시간과 정성을 주자. 따뜻한 감사와 사랑을 주자.

돈 선생

더 넓은 세계로 인도하는 안내자

성공한 부자들의 선생이자 친구라는 브레인 트러스트 (brain trust).

일명 돈 친구 혹은 돈 선생.

부자들에게는 언제든 만나서 상담할 수 있는 전담 회계사나 세무사가 있겠지만, 아직 부자가 아닌 우리에게는 만나면 입에서 지폐 냄새가 날 때까지 돈 얘기를 할 수 있는 돈 친구가 필요하다. 돈 되는 얘기가 아니면 다음에 만나자고 말해도 사이가 틀어지지 않을 친구 말이다.

당신에게는 그런 돈 친구가 있습니까?

"돈? 먹고 죽을래도 없다" "큰 건 하나 있는데 너 돈 좀

173

있냐"가 아니라 시장의 흐름을 읽고, 다각도로 돈을 버는 방법을 함께 고민할 수 있는 친구, 분야를 막론하고 닥치는 대로 책을 읽고 어떤 주제로도 토론의 장을 만들어낼 수 있는 친구, 나에게는 그런 돈 친구가 한 명 있다.

우리는 지금으로부터 8년 전, 제주도에서 처음 만났다.

봄바람이 불던 3월의 어느 날 우리는 시위대의 사이렌 소리에 기상하던 강정마을에서 해군기지 건설에 반대하는 시위를 하고 있었다. 그때 나는 『한겨레』의 오피니언 사이트 hook에서 「김얀의 색, 계」라는 타이틀로 "가장 개인적인 것이 가장 정치적인 것이다"라는 거창한 캐치프레이즈를 걸고는 내 멋대로 글을 쓰던 초보 칼럼니스트였다. 그 덕에 내 침대 밖의 세상물정에는 전혀 관심 없던 나도 시위대의 후원을 받아 구럼비 바위 폭파 반대 현장에 나가게 되었다. 그렇게 아침 사이렌 소리에 눈을 뜨면 경찰과 대치해 시위를 하고, 저녁에는 시위대 사람들과 이런저런 사담을 하며 며칠을 보냈다.

시위 현장에는 소위 진보 진영에서 난다 긴다 하는 분들도 계셨는데 하루는 그분들이 모인 자리에서 아주 이상한 캐릭터를 발견하게 된다. 하이 톤의 목소리에 매 주제마다 목청이 터져라 자신의 의견을 피력하는 인물이었는데 놀랍게도 그에게 주목하는 건 나밖에 없는 듯했다. 160센티미터 초반의 키에 45킬로그램 몸무게. 여자라면 아주 날렵한 외모였겠지만 아쉽게도 그는 남자였다.

한없이 왜소한 몸에 유행이 지난 옷차림을 하고 두꺼운 안경을 쓴 그는 실제보다 열 살은 많아 보이는 노안이었다. 게다가 어떤 주제를 만나도 멈춤 없이 한없이 높은 데시벨로 혼자 직진했다. 그랬기에 사람들은 매 주제마다 침을 튀겨가며 열변을 토하던 그에게 "놀라울 정도로 관심을 주지 않았다".

원래 약간 이상한 것에 관심을 갖는 나는 '대체 저건 무슨 캐릭터지?' 하고 유심히 지켜보면서 그의 높은 데시벨에 주파수를 맞췄다. 모두가 무시해도 저 홀로 당당하게 섀도복싱 같은 대화를 하던 그의 말을 가만히 듣다 보니 생각보다 모든 주제에 굉장히 정확한 인사이트를 가지고 있었다. 시위대에서 비교적 팔로워도 많고 알려진 사람들보다 훨씬 제대로 아는 것이 많았지만, 그게 먹히지 않는 것은 그의 외모와 눈치 없는 태도 때문이었다.

눈에 보이는 것으로 판단하기 좋아하는 사람들은 이제 아주 대놓고 그 친구의 섀도복싱 화법에 짜증난다는 표정을 짓고 있었다. 나는 주변 상황을 진정시킬 겸 조용히 그 아이를 불러내 통성명을 하고 우리는 이내 친구가 되었다.

2012년 임진년 흑룡의 해. 검은 구럼비 바위가 폭파되기 며칠 전. 당시 김얀 나이 31세. 그 친구는 나보다 네 살 적은 27세. 그 친구가 바로 지금 나의 브레인 트러스트, 돈 선생이다.

제주에서는 장소가 장소인지라 꽤 정치적인 주제를 가지고 오래도록 대화했다. 나는 대학 졸업 후 직장을 다닐 때부터 민노총(전국민주노동조합총연맹) 조합원이었다. 내가 노동자였기 때문에 그쪽에 서는 것이 당연하다고 생각했다. 조그만 치과에서 일하면서도 직원들을 대신해 월급을 올려 달라, 인센티브를 달라 요구하며 나 홀로 노조위원장 행세를 했다. 하지만 솔직히 정치는 잘 몰랐다.

덕분에 군비 경쟁, 비례 대표제, 대통령 단임제 같은 대화에서 나의 무식함은 곧장 탄로가 났고 그래도 칼럼을 쓰는 사람인데(섹스 칼럼이지만) 나의 무식이 조금 부끄러웠다. 그 친구는 원래 남을 가르치기를 좋아하는 건지, 아니면 내가 가르칠 게 많아서 좋은 건지, 그것도 아니면 드디어 들어주는 이를 만나 흥분한 건지 더욱 높은 데시벨로 신나게 떠들었다.

그 친구는 교대 사회교육과를 졸업했고 나는 정치경제에는 초등학생 수준의 지식을 가졌으니 이것은 실로 짝짝 맞을 수밖에 없는 조합이었다. 청년 국회의원을 꿈꾸며 인터넷 논객으로 활동하던 키보드 지식인과 세상물정 모르는 섹스 칼럼니스트의 만남은 그렇게 시작되었다.

제주에 있는 동안은 눈만 뜨면 길바닥에 앉아 시위하고, 밤에는 삼삼오오 모여 이런저런 정치 이야기를 했기에 단짝처럼 친하게 지냈지만 서울로 돌아와서는 간혹 연락하는 정도였지 그렇게 친하게 지내지 못했다. 그 친구와 나는 정치 성향 외에는 이렇다 할 접점이 없었던 것이다.

당시 나는 섹스 칼럼니스트라는 타이틀에 맞게 밤에는 클럽, 낮에는 낮잠을 좋아하던, 관심사라고는 오로지 내 방과 내 침대뿐인 날라리 베짱이였고, 그는 외모가 중요하지 않은 인터넷 세상에서 어떤 신용카드를 써야 몇천 원 더 할인을 받을 수 있는지에 대해 쓰는, 내 기준에서는 쓸데없는 생활 재테크에 관한 글을 쓰는 사람이었다.

얼마 후 그가 뒤늦게 군 입대를 하게 되면서 연락할 기회가 더욱 줄어들어, 그저 제주 강정에서 만났던 특이한 친구로 기억되는 정도의 사이가 되었다. 그러니까 지금처럼 만나기만 하면 돈이 솟아날 구멍을 연구하느라 '24시간이 모자라는' 현재와 같은 상황을 전혀 상상할 수 없었다는 얘기다.

그랬던 우리가 다시 만나게 된 계기는 그가 부천에 자리를 잡게 되면서부터였다. 그는 제대 후 좁은 원룸에 살면서 반려견 '헨리'를 데려오게 되었는데 이 귀여운 웰시코기의 몸집이 거짓말 조금 보태서 송아지만큼 불어나자 도저히 원룸에서는 키울 수 없었다. 넓은 테라스가 있는 집을 찾다 찾다 연고도 없는 경기도 부천시 심곡본동 깊은구지 사거리까지 오게 되었다.

세상에나, 반려견을 위해 대출을 받아 직장이 있는 강남까지 한 시간 반이나 걸리는 부천에 있는 신축 빌라를 사다니… 반려견을 키워본 적 없는 나에게는 이래저래 이해가 잘 되지 않는 처사였다. 더욱 이상한 건 남는 방을 하루

1만 원짜리 에어비앤비로 돌리고 있다는 것이었다.

에어비앤비가 뭔지는 알고 있었지만, 그깟 1만 원을 벌자고 개인 공간을 오픈한다는 것이 당최 이해가 되지 않았다. 그가 하루 1만 원이라는 가격을 책정한 이유는 이러했다.

1. 서울과 떨어진 부천 외곽.
2. 사람만 보면 반갑다고 짖는 개가 있음.
3. 헨리는 털이 많이 빠지는 데다 본인은 청소 스킬이 너무나도 부족.

그럼에도 불구하고 하루 1만 원에 혼자 개인실을 쓸 수 있다는 것은 이 모든 단점들을 상쇄하는 효과가 있었다. 저렴한 가격에 손님이 몰리자 그는 덜컥 방 네 개짜리 신축 빌라를 계약해버렸는데 모자란 돈을 빌려주기로 한 친구가 갑자기 딴소리를 하는 바람에 졸지에 계약금을 날릴 처지에 놓이게 되었다. 2017년 12월 추운 겨울, 그의 나이 32세. 그나마 한강 물이 얼 정도로 차가워 다행이었다.

궁지에 몰린 그는 지푸라기라도 잡는 심정으로 여기저기 전화를 돌려보다가 제법 질긴 지푸라기 김양을 잡게 된다. 그때 김양 나이 36세. 때마침 나는 드라마를 계약하고 서울에 조그마한 원룸 전세를 찾고 있었다.

이제 우리는 제주도가 아닌 부천에서 정치가 아닌 돈으로 만났다. 그 덕분에 나는 원룸 전세금도 되지 않는 가격으로 방 세 개짜리 빌라에 살 수 있게 되었고 그는 2호점을 열면서 더 넓은 집으로 가게 되었다. 그렇게 우리는 돈으로 묶였다.

그런 계기로 만났지만 그때까지만 해도 우리는 돈 얘기는 거의 하지 않았다. 나는 여전히 돈에 전혀 관심이 없었다. 왜냐하면 예술가니까. 예술가는 원래 돈과 멀리 있는 법이니라. 이런 나를 볼 때마다 눈치 없는 직진맨은 나만 보면 치과에 나가라, 커피값 아껴라, 남는 방은 에어비앤비를 해라, 아직도 세상물정 모르고 그러고 있을 때가 아니다 등등 교대를 졸업하고도 끊임없는 선생질로 '판타스틱 부천' 예술가의 자존심을 건드렸다.

"내가 이래 봬도 책을 두 권이나 낸 작가인데, 내가 돈이 없지 사생활이 없냐."

진정한 예술가는 적게 벌어 적게 쓰는 삶에 만족하는 법이다. 출근하지 않는 삶이 얼마나 행복한지 너는 모를 것이다. 개를 위한답시고 좋은 집 대출 받아 사면 뭐하냐. 그 집 때문에 왕복 세 시간을 전철에 버리고 종일 회사에 묶여 있는데! 그리고 예술 하는 사람이 남들과 똑같이 살면 무슨 좋은 글이 나오겠냐. 이렇게 잔소리할 시간에 너희 집 헨리 털이나 한 번 더 쓸고 청소나 해라.

나도 지지 않고 공격했다.

그러면 역시나 한없이 높은 데시벨의 융단 폭격이 두 배로 쏟아졌다.

"이 계약 끝나면 그 돈 가지고 어디로 갈 건데? 문학성이고 뭐고 떠나서 1쇄도 못 팔았다면 아무런 의미도 없는 거야. 책 두 권 내도 모르는 사람이 더 많은 중고 신인 주제에 예술가는 무슨!"

그렇게 서로를 한없이 깎아내리며 다시는 보지 말자 하다가도 집주인과 세입자, 즉 돈으로 묶인 관계이니 어쩔 수 없이 다시 데면데면하게 만나기를 반복했다.

그러다 계약했던 1년 반이라는 시간이 다가왔고 안타깝게도 당시 나의 유일한 자존심이었던, 금방이라도 제작이 될 것 같았던 드라마는 점점 미궁 속으로 빠져가고 있었다. 다행히 그 친구의 등쌀에 우연히 시작했던 에어비앤비가 있어 자그만 용돈벌이는 하고 있었지만, 그래도 원래 씀씀이가 있었기에 벌어놓은 돈을 야금야금 까먹고 있었다.

돈 앞에서는 얄짤없는 돈 선생은 더 이상의 연장은 없다고, 최대한 빨리 나가주면 좋겠다고 선전포고를 했다. 그래, 그럼 나도 이제 세입자 생활 청산한다며 큰소리치고 은행 대출을 알아보다가 연소득 480만 원에 개망신을 당하면서 정신이 번뜩 들게 되었다.

그제야 짠돌이 인색남의 팩트 폭행이 영 틀린 말이 아니었구나 깨달았다. 그도 급하게 낸 2호점 때문에 지난 1년 6개월 동안 방 네 개 모두를 손님들에게 내주고 정작 본인은 거실에 책장을 쌓아놓고 살며 두 집의 대출금을 갚고 있었다고 했다.

그동안 나에게 했던 잔소리 융단 폭격이 단순히 나를 한심한 놈팡이로만 봐서가 아닐 수도 있겠다는 생각이 들었다. 1,000원, 2,000원에 바들바들 떨면서 밥 한 끼 산 적

없이 짠돌이 짓을 하던 그가 비로소 이해되기 시작했다.

힘들게 대출을 받고 돈을 구해 내 집을 갖게 되니 나 역시도 이제는 예전처럼 살 수가 없었다. 그렇게 매일 도서관에서 돈 관련 책을 죄다 뽑아 읽다 보니 알게 되었다. 1,000원한 장도 벌벌 떠는 알뜰함, 원리 원칙을 따지며 친구고 뭐고 없다는 인색함, 마치 카시오 전자시계처럼 똑 떨어지는 새벽 5시 기상 밤 10시 취침 루틴, 하루 한 권의 독서와 1일1메모 같은 노잼 습관을 가진 그 친구의 행동들이 돈의 세계에서는 정석이었던 것이다.

나는 그가 했던 잔소리들을 하나씩 곱씹어보기 시작했다. 대출을 갚기 위해서는 크든 작든 일정하게 들어오는 돈이 있어야 한다. 그렇다면 취직을 해야 한다. 그러면서도 글쓰기를 꾸준하게 하려면 자투리 시간을 버리지 말고 루틴을 만들고, 시간 관리에 공을 들여야 한다. 영감이 올 때까지 기다리지 말고 무조건 책상에 앉아서 써라. 책은 1년에 한 권씩 쓴다. 한번에 10만 부 대박을 바라지 말고, 1년에 1만 부씩 꾸준하게 나가는 책 열 권을 쓴다고 생각해라. 꼭 문학만이 책이 아니다. 다양한 실용서에도 그들만의 이야기가 있고, 각자 소중하게 구축한 세계가 있다.

한때는 그를 보며 '대체 왜 저렇게 인생을 재미없게 사나?' 했던 내가 이제는 사람들에게 같은 얘기를 하고 있다. 지금도 돈 얘기가 아니면 절대 안 본다 하고 싸울 때도 있지만 그래도 내가 1년 안에 이만큼 성장할 수 있었던 바탕에 나의 돈 선생인 그 친구의 역할이 있었다는 점은 부정할 수 없다.

브레인 트러스트.

돈 선생의 가장 큰 효과는 부자가 되기 위한 필수 조건인 레버리지 효과다. 레버리지는 비단 돈으로만 얻을 수 있는 것이 아니다. "거인의 어깨 위에 타"면 나보다 앞서 경험한 사람들이 성공과 실패에서 얻은 노하우를 전수받아 그만큼의 시간을 아낄 수 있다. 시간이 곧 돈이라는 관점에서 보면 타인의 실패를 타산지석 삼아 나의 실수를 줄일 수 있다는 것은 엄청나게 경제적이다. 나는 그가 경험한 실수를 통해 나의 실수를 줄이며 성공적인 슈퍼 호스트가 될 수 있었다.

문학 외 다른 분야의 책을 우습게 여겼던 나에게 다양한 분야의 알짜배기 실용서를 권해주고, 경제신문을 읽다 모르는 것이 있을 때 언제든지 전화를 걸어 물어볼 수 있는 친구는 너무나 소중하다. 이제껏 내 방, 내 침대, 오로지 내 자신에게 머물러 있던 시선을 밖으로, 넓은 세상으로 안내해준 것 역시 그였다.

무엇보다 내가 돈 선생에게 감사하는 점은

1만 원짜리 한 장의 무게와 가치를 알게 해주었다는 것.

이것은 세월이 흘러, 내가 정말 대부호가 되었을 때 나의 최고 자산이 되어줄 것이라는 데 동의한다.

고맙습니다. 나의 돈 선생.

현재 나의 돈 선생은 본인의 적성을 살려 알라딘에서 '헨리북스'라는 중고책 셀러로 파이프라인을 구축 중이다. 또한 여전히 나의 책 선생이다.

돈 선생

지금 쓰는 사람이 작가

2011년은 내가 서른이 되던 해였고 나는 어딘가 좀 미쳐 있었다. 나에게는 3년을 한결같이 나를 최고라 말해주던 자상한 영국인 남자친구와 안정된 직장, 또박또박 나오는 월급과 연 2회 해외여행 인센티브가 있었다. 가족과 함께 살았으니 엄마 밥을 매일 먹을 수 있고 좋아하는 뮤지컬을 보러 다니면서도 1년에 1,000만 원 정도는 거뜬히 모을 수 있었다.

퇴근 후에는 요가와 사우나를 즐기고 주말에는 친구와 애인, 가족들과 행복한 시간을 가졌다. 모든 것이 이렇게 순조로운데도 내 안에는 도무지 채워지지 않는 무언가가 있었다.

　여태껏 누구에게도 말해본 적 없는, 작가가 되고 싶다는 꿈 때문이었다. 단순히 작가가 되고 싶다는 게 아니라 마치 내 안에 누군가가 "너는 반드시 글을 써야 한다"라고 흔드는 것처럼 이상한 강박에 시달렸다.

　마치 신병이 난 사람처럼 치과에 있어도 머릿속에는 매일 문장들이 떠다녔고 그것을 받아쓰는 게 나의 사명처럼 느껴지기 시작했다. 그러니 월급이 올라도, 애인에게 사랑한다는 말을 들어도 충분히 행복할 수가 없었다.

　글을 쓰는 것만이 내 인생의 의미라는 생각이 들었다.

　나는 어디에 글을 써 본 적도 없고 어릴 적부터 일기 쓰기가 세상에서 제일 싫은 일이었는데 왜 갑자기 이렇게 되어버린 건지 알 길이 없었다. 자신의 미래에 언제나 나를 넣어 계획을 세우던 애인은, 이런 나를 눈치채고 한국에서 돈을 모아 웨일스로 가서 임대업을 하면서 함께 글을 쓰자고 했지만 나는 그때까지 기다릴 수가 없었다. 어떤 책의 제목처럼 그냥 "지금이 아니면 안 될 것 같아서".

서른을 맞아 떠난 유럽에서 자상한 애인의 보살핌과 애인 가족의 따뜻한 환대를 받으면서도 나는 틈만 나면 소원을 이루어주기로 유명한 장소를 찾아서 "좋은 글을 쓰는 작가가 되게 해주세요"라는 단 하나의 소원을 빌었다. 그리고 결국, 나는 자상한 애인을 등지고 혼자 서울로 왔다.

싱글 침대 하나도 넣을 수 없을 정도로 좁고, 세간이라고는 다이소에서 산 집기 몇 개가 전부인 영등포의 작은 원룸에서 '과연 내가 글을 쓸 수 있을까?' '작가가 될 수 있을까?' 생각하며 천장을 보고 누워 있으니 불안하면서도 이상하게 마음이 설렜다. 친구들은 하나둘씩 승진을 하고 결혼을 하고 아파트를 산다고 했지만 하나도 부럽지가 않았다.

그러나 야심차게 떠나왔던 포부와는 달리 글은 써지지 않았다. 책상에 진득하게 앉아 있는 습관도 없었고 머릿속에 떠다니는 문장들은 말 그대로 문장일 뿐 글로 완성되지 못하고 자꾸만 흩어졌다. 무슨 얘기를, 어떻게 써야, 작가가 될 수 있는지 감이 잡히지 않았다.

글을 쓴다는 핑계로 매일 천장을 보고 누워 있는 날이 많았다.

숨만 쉬어도 돈이 나가는 서울에서 자취 생활을 하며

가지고 있던 돈은 점점 떨어져가고 무엇보다 내가 작가가 될 수 있을 거라는 믿음이 들지 않았다. 이러려고 나를 사랑해준 사람들을 매정하게 떠나온 걸까. 스스로가 한심했다.

밤에는 홍대와 이태원 클럽을 다니며 만난 남자들과 가벼운 연애를 하며 시간을 펑펑 썼다. 누구도 사랑하지 않으니 소유에서 오는 책임감을 느낄 필요도 없었고 관계가 끝나고 나면 충분히 감당할 수 있을 만큼의 쓸쓸한 기분과 후련함이 좋았다. 자잘한 성병에 걸려 산부인과를 계속 다니면서도 이런 경험들이 언젠가 다 내 글쓰기의 자산이 되어줄 거라는 유치한 생각을 했다.

이런 생활도 오래가지 못했다. 돈 때문에 을지로에 있는 치과에 취직했고 글을 써야 한다는 압박감 때문에 치과를 그만뒀다. 매번 같은 패턴으로 실패를 반복했다. 이런 생활을 할 바에는 울산으로 내려가는 게 낫겠다는 생각을 하고 있을 때 먼저 서울에서 자리를 잡은 대학 친구 수련이가 나를 사당동으로 불렀다.

"대단한 작품을 쓰겠다는 생각은 접고 소소하게 네가 좋아하는 것들에 대해 써보는 게 어때. 블로그 같은 곳에

다가."

　나는 블로그에 소소한 낙서나 하려고 서울에 온 것이 아니었다. 그때 나는, 순수한 소설 작품을 써 신춘문예로 등단 정도는 해줘야 진정한 문학이고, 작가라고 생각했다.
　그러자 수련이가,

　"어쨌든 지금 뭐라도 쓰는 사람이 작가 아닌가? 일단 한 번 써봐. 뭐가 됐든."

　수련이는 자기 집으로 들어와 같이 살자고 했다. 돈이 없는 나를 위한 배려였다. 나는 그 길로 영등포 원룸을 정리하고 사당동 수련이 집에 얹혀살았다. 그리고 며칠 동안,
　어쨌든 지금 쓰는 사람이 작가라는 말에 대해 생각했다.

　그래, 그 말도 맞지. 어쨌든 지금 쓰는 사람이 작가지.

　블로그가 됐든 연습장이 됐든 뭐든 한번 쓰기나 해보자 며 내가 좋아하는 것들에 대해 곰곰이 생각해보았다.

그동안 내가 좋아하고 많은 시간을 들였던 것들이 뭐가 있을까? 나의 20대를 정의할 수 있는 것들에는 뭐가 있을까? 그러자 딱 세 가지가 떠올랐다.

여행, 섹스, 책.
이 세 가지를 넣어 글을 써보자. 그렇게 탄생한 나의 블로그의 주제는
야하고, 이상한, 여행기

천사 같은 엄마가 알면 기절초풍을 하고 성격이 불같은 아빠가 알면 노발대발할 일이었지만 어쩔 수 없었다. 내가 아는 것이라야 쓸 수 있고, 내가 아는 것은 그게 전부였다.
그때부터 아침이면 수련이를 따라 기공소로 출근했다. 불로 금을 녹여 금니를 만드는 수련이 옆에서 나는 노트북을 열어 내가 여행했던 곳, 내가 만났던 남자들, 20대의 나를 생각하며 글을 썼다. 때로는 소설을 쓰는 기분으로 때로는 반성문을 쓰는 마음으로.

정말 신기하게도 사당동에 온 뒤로 글이 술술 써졌다.

노트북만 열면 얼어붙던 손가락이 마치 신내림을 받은 무당이 작두 위에서 춤을 추듯 움직이기 시작했다. 덕분에 일주일도 되지 않아 난생처음 글 하나를 완성하여 블로그에 올리자 수련이는 자기 일처럼 기뻐하며 칭찬을 아끼지 않았다. 이건 된다, 너는 무조건 된다고. 지금 당장 트위터로 홍보를 시작하자고 했다.

트… 트위터?

나는 이메일 비밀번호도 맨날 잊어버리는, 컴퓨터와는 영 친하지 않은 사람이라 트위터가 뭔지도, 그런 걸 왜 하는지도 이해할 수 없었지만 잔뜩 신이 난 수련이가 시키는 대로 트위터에 가입했다.

아이디는 엄마가 좋아하는 아이스크림 바밤바가 좋겠군. 숫자는 내가 좋아하는 11. 나의 트위터 아이디 @babamba11은 그렇게 만들어졌다(지금은 @babamba2020으로 변경했다).

그로부터 일주일이 지나고 블로그에 여행기 하나를 더 올렸다. 블로그 방문자 수나 트위터 팔로워 수는 여전히 움직임이 없었다. 내 블로그에 매일 들어오는 사람은 나, 수련이, 그리고 나와 수련이 친구들 몇 명뿐이었다. 달랑 여행기 두 편밖에 없는 블로그지만 그래도 매번 방문해주는 친구들이 고마워 그들을 웃겨주고자 그들의 별명을 넣어 이상한 콩트를 하나 썼다. 그 말도 안 되는 글을 보고 수련이와 친구들은 한마디로 '빵' 터졌고, 수련이는 이 글을 개그맨 남희석 씨 트위터로 보내보자고 했다. 당시 남희석 씨는 트위터에서 재미있는 멘션을 받으면 별점을 매겨 리트윗으로 다른 사람에게 퍼뜨려주었기 때문이다.

지금 와서 생각해보니 일종의 셀럽 마케팅이었는데 그때 나는 그런 쪽으로는 머리가 돌아가지 않을 때라 모든 것에 부정적이었다. 그 사람은 유명인이고 엄청 바쁠 텐데, 이걸 정말 읽는다고? 그래도 꽤 긴 글인데 과연 읽을까? 이렇게 둘이서 반신반의하며 고민하다가 '에라, 모르겠다 밀져야 본전이지' 하고 멘션으로 내 블로그 주소를 넣어 보냈다. 몇 시간 후.

남희석 씨가 진짜 그 글을 읽었다!

게다가 그 귀한 별 4개와 함께 "나는 바밤바의 팬이 되었다!!"라는 코멘트를 붙여 내 블로그 주소를 리트윗!

덕분에 평소 30명을 넘지 않던 내 블로그 방문자 수가 몇 시간 만에 3,000명이 넘었다.

나와 수련이는 대체 이게 무슨 일이냐며 발을 구르고 사당동이 떠나가라 소리를 질렀다. 말 그대로 꿈같은 일이 일어난 것이다! 더욱 놀라웠던 것은 내 글 밑에 달린 댓글들이었다. 나는 그저 친구들을 웃겨주겠다는 일념으로 내 멋대로 쓴 글에

"작가님 2탄은 언제 나오나요? 기다리고 있어요!!"

자… 작가님? 아… 신춘문예가 아니라도 작가님이라는 소리를 들을 수 있는 거구나. 나는 나를 작가님이라 불러준 사람들을 실망시키지 않으려 열심히 키보드를 두드렸다. 그렇게 엉겁결에 '우주 최고 재미있는 섹스 칼럼'이라는 제목으로 블로그에 글을 연재하기 시작했다. 그 글을 본 잡지사와 출판사 관계자들이 기고를 청하는 연락을 해왔다. 나는 여성 패션지의 연애와 섹스에 관한 글을 쓰는 칼럼니스트가 되었고, 나의 야하고 이상한 여행기는 1년 뒤 『낯선 침대 위에 부는 바람』(달 2013)이라는 제목의 책이 되어 세상에 나왔다.

지금에 와서 알게 된 사실이지만, 작가가 되고 싶어 하는 신인들이 책을 출간하기 가장 좋은 분야가 여행 에세이라고 한다. 신춘문예나 문학상 수상보다는 확실히 문턱이 낮고, 책 한 권으로 작가 타이틀을 거머쥘 수 있기 때문에 많은 신인들이 이쪽으로 눈독을 들였다. 너무 많은 여행 에세이가 출간되었고, 독자나 출판사 모두 살짝 피로감을 느낄 때였다. 하지만 나의 '야하고 이상한 여행기'는 여행 에세이라고 하지만 장소에 관한 정보보다 그냥 정처 없이 떠도는 20대의 나와, 별로 아름답지 않은 연애, 건강하지 않은 청춘, 그리고 누구도 시도해본 적 없는 야한 에세이라는 면에서 다른 에세이와는 차별성이 있어 어렵지 않게 출간될 수 있었다.

　　특이한 소재와 기존 에세이들과는 조금 다른 감성으로, 무명 신인임에도 6개월도 되지 않아 5,000부(출판사에서는 보통 이 정도 판매 부수를 손익분기점으로 본다)가 팔렸고, 1년이 지났을 때는 1만 부를 넘겼다. 신인 작가로서는 꽤 성공적인 데뷔라고 했다.

　　그때는 출판시장과 직업으로서의 작가에 대해 아는 게 전혀 없었다. 성공적인 데뷔라면 이 책 한 권으로도 최소

한의 생활이 되어야 하는데 그렇지 않으니 이상한 기분이었다.

간절히 원하던 것이 이루어진 기쁨과 여기저기서 들어오는 인터뷰(받는 돈은 없는데 인터뷰 사진 준비하랴, 옷 사 입으랴, 돈과 시간이 더 들어갔다) 등으로 한동안은 어안이 벙벙한 채 지냈지만 통장을 보면 나의 성공을 전혀 느낄 수 없었다.

작가들의 인세는 신인, 기성 구분 없이 인세 10%가 기준이다. 책 1만 부를 팔아서 성공적인 데뷔를 했다고 해도 작가가 받는 인세는 권당 1,000원 정도다. 1만 부면 1,000만 원인 셈이다. 그마저도 1년에 걸쳐 팔린 것이다 보니 인세는 분기별로 혹은 중쇄를 찍은 날짜에 따라 계산이 되기 때문에 매달 꼬박꼬박 들어오는 것이 아니다. 나는 나름대로 성공적인 데뷔를 한 신인 작가였지만, 생활을 하기 위해 다시 치과로 돌아가야 했다.

대문호가 되겠다고 야심차게 상경할 때만 해도 전혀 예상하지 못한 상황이었다. 몸은 아침마다 치과로 출근하고 있었지만 머리로는 이 상황을 받아들이지 못했다.

그렇게 울며 겨자 먹기로 치과로 돌아가서 주 6일 직장인으로 일하고 집으로 돌아와서는 청탁받은 잡지의 칼럼(칼럼 고료는 15만 원이었다)을 쳐내며 다음 책을 준비하려니 너무 분했다.

세상은 죄다 본인이 진정으로 하고 싶은 일을 찾으라고 말하고, 나는 하고 싶은 일을 찾아 용감하게 떠나와서 성공적인 데뷔를 했는데 왜 내 삶은 더 힘들어진 건지 우울했다. 남들과 똑같이 직장에 나가 일을 하고, 집으로 돌아와 쉬고 놀아야 할 시간에 글을 써야 하니 도대체 이게 뭐 하는 짓인가 싶었다. 친구들과 웃고 떠들던 시간들은 다 옛말이 되어버렸고, 방송 같은 걸 해야 책이 좀더 팔린다고 해서 적성에도 맞지 않는 방송 일을 하느라 스트레스를 받다 보니 몸무게가 42킬로그램까지 줄었다. 그러다 뉴스에서 세월호 사건을 보게 되었고 이후 1년을 채 버티지 못하고 번아웃이 왔다.

결국 어디로든 떠나지 않으면 살 수가 없겠다 싶어서 모든 것을 뒤로하고 늦깎이 워홀러가 되어 호주로 갔다. 그래, 한국에서의 일은 다 잊고 1년 동안, 다음 책을 쓸 수 있는 시간과 자금을 모으자.

영어가 유창하지 않았기 때문에 할 수 있는 일은 주로 몸을 쓰는 일이었다. 건설 현장 방수 페인트칠부터 타일 그라우트 작업, 한식당 홀 서빙, 호텔 하우스 키핑, 세탁 공장까지 말 그대로 구슬땀을 흘리며 몸으로 때워 돈을 벌었다.

세상에 쉬운 일이 어디 있겠냐만, 특히 세탁 공장에서 일할 때 내가 맡은 파트는 아주 더럽고 고약하기로 유명했다. 레스토랑이나 식당에서 온 냅킨과 걸레에 붙은 찌꺼기를 털어내고 종류별로 분류하는 소팅(sorting) 파트였는데 며칠씩 묵은 행주 꾸러미를 풀면 어김없이 엄지 손가락만 한 바퀴벌레들이 음식물 찌꺼기와 함께 쏟아져나왔다. 바퀴벌레보다 더 골치 아픈 건 우리 팀의 약쟁이였다. 그녀는 나보다 열 살쯤 어린 호주 여자로 마약 후유증 때문인지 감정의 기복이 아주 심했다. 기분이 좋을 때는 미친 듯이 웃고 까불다가 약발이 떨어지면 세상의 우울과 짜증을 다 폭발해냈는데 한마디로 인간 롤러코스터였다.

작열하는 호주 서부의 태양, 곰팡이와 바퀴벌레 그리고 약쟁이, 그 사이에서 하루 8시간을 버티기란 정말… 하지만 나는 돈이 필요했다. 그나마 공장은 주 5일 시급 21달러로 하루 8시간씩 정확하게 계산되어 돈이 나왔기 때문에 어떻게든 여기서 안정적으로 돈을 모아야 했다. 그래야 한국으로 돌아가서 다음 책을 쓸 시간을 벌 수 있다. 책만 생각하며 시도 때도 없이 튀어나오는 바퀴벌레를 망치로 찍고, 감정기복이 심한 약쟁이를 어르고 피해가며 참았다. 그렇게 버티기를 1년, 호주에서 생활비를 다 쓰고도 1500만 원을 모았다.

든든한 마음으로 한국으로 돌아와 도서관을 다니며 내 인생의 역작『바다의 얼굴 사랑의 얼굴』을 썼다. 그 글을 쓰는 1년 동안은 마치 꿈속을 걷는 기분이었다. 내가 왜 글을 쓸 수밖에 없었는지 드디어 답을 찾았다. 무엇보다 그 글을 쓰고 난 후, 나는 이전과는 조금 다른 인간이 되어 있었다. 마치 허물을 벗은 뱀과 같이.

그랬기에 스스로 부족함을 느꼈던 첫 책에 비해 이 책은 완벽하다는 생각이 들 정도로 자신이 있었다. 책의 제목이나 책에 들어갈 사진, 표지 등을 정할 때도 내 주장을 꺾지 않았다.

그래서였을까? 이 책은 1쇄(2,000부)도 팔리지 않았다.

글을 쓰면서 책이 많이 팔렸으면 좋겠다는 생각은 한 번도 하지 않았다. 무엇도 신경 쓰지 않고 그저 내가 쓰고 싶은 글, 쓸 수밖에 없었던 글을 썼다. 하지만 막상 1쇄도 팔리지 않으니 혼란스러웠다. 내 책에 함께 애정을 쏟았던 출판사 분들에게도 너무 미안했다.

나 혼자만 읽고 만족하는 글이라면, 조용히 블로그에 쓰고 쌓아놓으면 될 일이다. 굳이 나무를 베어가며, 내 주장을 꺾지 않아 월급을 받는 사람들에게 스트레스를 줘가며, 이익을 남겨야 돌아가는 회사에서 그들의 자금을 써가며 나만의 예술 세계를 펼치겠다는 것도 사실 내 욕심이었다.

몇 년 동안 공을 들여 세상에 내놓은 책이 안 팔린 덕분에 나의 미래 계획은 다 틀어졌다. 서른다섯 살이 되었지만 부모님 집을 벗어나지 못하고 늦깎이 아르바이트생이 되어 또다시 치과로 갔다. 그때의 좌절감은 이루 말할 수 없었다. 태어나 처음으로 최선을 다했던 일이 제대로 된 평가도 받지 못하게 되니 좀처럼 일어설 힘이 나지 않았다

왜 안 됐을까… 뭐가 문제였을까…

나는 정말 최선을 다했는데…

내 모든 걸 걸고 썼는데…

앞으로가 더 문제였다. 글쓰기 외에 다른 일은 생각해 본 적도 없고 지금도 글 쓰는 일 외에는 뭘 해도 즐겁지가 않은데… 우울한 생각에서 빠져나오기가 힘들었다.

이제는 집에서도 천덕꾸러기 신세였다. 나는 입이 없는 콩나물처럼 아침마다 빡빡한 만원버스에 올라 출근을 했고, 퇴근 후에는 매일 아파트 주변을 걸었다. 그러지 않으면 가슴이 답답해서 살 수가 없었다. 그렇게 몇 달을 걷다 보니 '나는 왜 안 될까'라는 생각은 '그럼 도대체 어떻게 하면 될까'로 바뀌었다.

어떻게 하면 될까…
어떻게 하면 될까…

결론은 역시 다시 쓰는 수밖에 없었다.

그렇게 정신을 차리고 일요일 아침이면 도서관이 문을 여는 시간에 맞춰 1등으로 출근했다.

내 안에 쓰는 힘이 생기자 놀랍게도 웹드라마를 만들어 보자는 제안이 들어왔다. 나는 기다렸다는 듯 당장 짐을 싸서 서울로 왔다. 그리고 독학으로 드라마 대본을 썼다.

마지막으로 끝까지 본 드라마는 2005년에 방영된 「내 이름은 김삼순」이 전부였던 터라, 처음부터 혼자서 대본을 쓴다는 것은 쉬운 일이 아니었다. 나는 이야기를 만들고 글로 써내는 일이라면 어떤 분야든 잘하고 싶었기 때문에 나만의 방법을 찾아가며 최선을 다해 열심히 했다.

드라마 산업은 글쓰기 중에서는 그나마 돈이 되는 세계다. 회당 억대의 원고료를 받는 작가들이 존재하는 곳이다. 나 역시도 드라마 계약을 하면서 받은 돈이 어디 가서 한번에 벌어본 돈 중 제일 큰 금액이었다. 그것도 글을 써서! 그래, 이제 됐다. 이제는 글 써서 먹고살 수 있겠구나. 한없이 신명이 나고 이미 세상이 다 내 것 같았다. 그동안 신세졌던 친구들에게도 한턱을 내고 가족들에게도 크게 베풀고 나니 받은 돈의 반이 날아가버렸지만 걱정이 없었다. 곧 내 드라마가 세상에 나올 테니까.

하지만 너무 순진한 생각이었다. 작가에게 높은 고료가 돌아가는 것은 드라마 산업 자체가 큰돈이 오가는 곳이기 때문이다. 웹드라마라고 해도 좀 그럴싸하게 만들려면 회당 최소 1~2억 원의 제작비가 든다. 그러니 돈을 댈 투자처가 필요하고, 투자처와 배급 방영처 등 결정권자들의 파워 아래서 햇병아리 신인 작가의 소신이 지켜지기란 거의 불가능하다. 이쪽에선 아예 대놓고 말한다. 드라마는 예술이 아니라고 예술을 하고 싶으면 다른 곳으로 가라고.

더 큰 문제는 제작이 확정되고 무사히 방영되기까지 가는 길이 너무 험난하다는 것이다. 그러니 모아놓은 돈을 까먹으면서 버티고 있을 수밖에 없었다.

이런 시간을 지나오며 글을 쓴다는 것이 점점 부담으로 다가왔다. 잘 써야 한다는 마음이 무거운 짐이 되어, 결국에는 아무것도 쓰지 못했다. 어쩌면 평생 이렇게 살게 될까봐 무서웠다. 평생 글쓰기를 짝사랑하며, 그러면서도 글쓰기를 두려워하며.

그러다 용돈이라도 벌어야겠다고 1만 원짜리 에어비앤비를 시작하고, 그 덕에 대출을 받아 자그마한 빌라라도 하나 사보려고 갔던 은행에서 연소득으로 개망신을 당하면서 나는 독이 바짝 오르게 된 것이다. 돈독이라고 했지만, 사실 평생 마음 편히 글을 쓰며 살겠다는 꿈이었다.

가장 좋은 건 돈이 되는 글쓰기를 하는 것인데, 나에게 그런 재주는 없는 것 같으니 우선은 따로 돈을 벌어야겠다 싶었다. 이왕 벌 거면 최대한 짧은 시간 안에 많이 벌어서 곳간을 두둑하게 채워놓은 후에 쓰고 싶은 글을 쓰자. 돈을 많이 벌고 싶다는 욕심도 글쓰기를 위한 것이니 내 방이 없어도, 김밥과 컵라면으로 한 끼를 때워도 별로 힘들지 않았다.

마음 편히 글을 쓸 미래를 상상하며 악착같이 아끼고 벌며 돈을 공부하기를 몇 달. 이제는 밖에 나가 놀자고 꾀는 친구도 없고, 트위터에도 달리 할 말이 없다. 말 그대로 먹고살기 바빴다.

그러던 어느 날, 지금 내 상황과 내가 돈을 공부하면서 깨달았던 점 몇 가지를 짧게 트위터에 올렸는데 그로부터 다시 나의 이야기에 귀를 기울이는 팔로워들이 생기기 시작했다.

그때 깨달았다.

1. 아… 사람들은 돈 얘기를 좋아하는구나…
2. 사람들은 자신에게 도움이 되는 이야기에 관심과 돈

을 쓰는구나…

3. 본인은 욜로(YOLO)와 플렉스(FLEX) 사이에서 갈등
하고 있으면서도 실은 열심히 사는 사람을 좋아하는
구나…

그래, 그럼 제대로 돈에 관한 글을 써볼까? 맞아, 매번
글을 써서 돈을 벌고 싶다고 노래를 불렀으면서도, 왜 돈에
관한 글을 써볼 생각을 못했지? 아, 돈에 관한 얘기를 하기
에 내 지식과 지갑은 아직 너무 얇지… 그때 문득 어딘가에
미쳐 있던 내 나이 서른 살, 수련이가 내게 했던 말이 생각
났다.

"대단한 작품을 쓰겠다는 생각은 접고 소소하게 네가
좋아하는 것들에 대해 써보는 게 어때. 블로그 같은 곳에
다가."

"어쨌든 지금 뭐라도 쓰는 사람이 작가 아닌가? 일단 한
번 써 봐. 뭐가 됐든."

나는 지금 돈에 아주 미쳐 있으니까 당장 한번 써보자.

어디에 쓸까? 그동안 공부해온 정보에 따르면 지금 당장 글을 써서 돈을 벌 수 있는 확실한 방법은 현재 가지고 있는 블로그인 티스토리에 글을 써서 구글광고(애드센스)를 넣는 것이었다.

아니면 광고 단가는 애드센스보다 낮지만 노출성과 화제성으로는 네이버 블로그도 좋겠다. 하지만 내가 쓰려고 하는 글은 전체적인 연결성과 몰입이 중요한 장문의 글이라 중간중간 튀어나오는 밉상스러운 광고는 글의 흐름을 끊어버릴 수도 있기 때문에 맞지 않다고 생각했다.

보다 참신하고 가독성이 좋은 플랫폼이 좋겠다 싶어 카카오 브런치로 정했다. 브런치는 글을 올릴 때부터 브런치 작가 심사팀의 심사를 통과해야 하는 기준이 있기 때문에 브런치에 글을 쓴다는 것은 바로 출간을 해도 될 정도의 퀄리티 있는 글을 쓰는 사람이라는 인식이 있다. 실제로 그런 이유로 출판사에서는 꽤나 브런치를 주시하고 있고, 서점에도 브런치를 통해 출간된 책들이 제법 보인다.

문제는 브런치에서 봤을 때는 대단히 매력적이었던 글들이 막상 책으로 나오면 그다지 인기를 얻지 못한다는 것이다. 그 이유를 고심해본 결과, 브런치를 시작할 때부터 출간을 염두에 두고 스스로 기획을 해서 쓴 글이 드물어서 그런 게 아닐까 하는 생각이 들었다. 그래서 나는 처음부터 책으로 출간된다는 것을 전제로 차례를 만들고 한 회씩 글을 써서 올리기로 했다.

'연소득 480만 원 가난한 예술가의 대부호 되기 프로젝트'는 그렇게 시작되었다.

아니나 다를까, 1편 '돈독'을 올리자마자 출판사에서 출간 제의 메일이 왔다. 게다가 한 회씩 업데이트될 때마다 각기 다른 출판사에서 연락이 왔다. 브런치 오픈 한 달 만에 총 여섯 군데의 출판사에서 출간 제의를 받았다. 고심 후에 나를 잘 이해해주고, 짧은 시간에도 멋진 기획서를 보내준 편집자와 손을 잡고, 지금 이 책을 만들게 되었다.

돈이 되는 글쓰기, 돈에 관한 글쓰기는 이렇게 점점 현실과 가까워졌다.

혹자는 요즘 들어 쉬지 않고 돈 얘기를 하는 내가 못마땅하다고도 하고, 글을 쓰고 예술을 한다는 사람이 돈에 미쳐서 글을 쓰냐며 예술이 먼저지, 돈이 먼저냐고 비난하기도 한다. 나는 전혀 개의치 않는다.

한 달에 책 한 권도 사지 않으면서 예술과 작가에 대해 떠드는 사람들, 굶어 죽는 예술인을 위한 보호 장치에 대해서는 관심도 없으면서 돈이 먼저냐, 예술이 먼저냐를 따지는 사람들까지 상대할 필요 없다.

나는 돈이 먼저냐, 예술이 먼저냐를 따지고 있을 시간에 글을 써서도 먹고살 수 있다는 걸 사람들에게 보여주고 싶다. 예술은 돈이 되지 않는다는 말이 공식이 되지 않기를 바라고, 생활고 때문에 글쓰기를 포기하는 사람들이 생기지 않기를 바란다. 더 많은 사람들이 자기의 글을 쓰며, 좀 더 나은 삶을 살 수 있는 세상을 꿈꾼다.

나는 여전히 글쓰기로만 먹고살지 못해서 이 일, 저 일 가리지 않고 해치우며 시간을 쪼개어 글을 쓰고 있지만 내가 사는 방식이, 내가 글을 쓰는 방식이 변했다고 해도 내 기도는 변하지 않았다.

"좋은 글을 쓰는 작가가 되게 해주세요."

누군가의 눈에는 시시껄렁한 섹스 칼럼을 쓰고 있을 때에도, 누군가의 눈에는 돈타령만 하는 글을 쓰고 있는 지금도 내 기도는 언제나 같다.

"좋은 글을 쓰는 작가가 되게 해주세요."

내가 나를 믿으면 언젠가는 그렇게 된다는 것을 믿으며.

글쓰기 2

돈이 되는 글쓰기

모든 책에는 작가가 말하고자 하는 핵심이 있다. 소설 같은 문학서가 그 핵심을 슬그머니 숨겨놓고 스스로 찾아 갈 수 있게 한다면 자기계발서 같은 실용서는 대부분 제목이나 차례에서부터 미리 알려주고 시작한다.

우리나라 성인 45퍼센트가 1년에 단 한 권의 책도 읽지 않는다고 하지만 그래도 이 책 정도는 누구나 알고 있을 거라 생각한다. 자기계발서의 스테디셀러인 론다 번의 『시크릿』(김우열 옮김, 살림출판사 2007) 말이다.

성공한 부자들의 공통적인 비밀에 대해 말하고 있는 이 책은 "긍정적인 생각과 끌어당김의 법칙"이라는 핵심을

230면에 걸쳐 조잘조잘 설명하고 있다. 사실 대부분의 자기계발서의 핵심은 이 다섯 가지를 크게 벗어나지 않는다.

1. 긍정적인 생각.
2. 원하는 것을 이미지화해서 자꾸 떠올리기(이른바 끌어당김의 법칙).
3. 실행력(목적의식을 가지면 훨씬 쉬워진다).
4. 메모하는 습관.
5. 매사에 감사하라.

이 다섯 가지에 스티브 잡스나 빌 게이츠의 일화를 넣고, 그밖에 구글 직원, 하버드생 등 사회적으로 근사한 명함을 단 사람들의 일화와 성공담 그리고 작가 본인의 경험을 버무리면 한 권의 자기계발서가 완성되는 것이다.

그렇다면 부자에 관한 책은 어떨까? 돈에 관한 책이라면 분야가 아주 복잡 다양해지지만, 부자에 관한, 부자가 되는 책은 대개 자기계발서를 기초로 하여 확장되기 때문에 크게 다르지 않다. 부자 책의 핵심은 바로,

1. **아껴라:** 돈과 시간과 체력을.
2. **사랑하라:** 돈과 가족과 내가 하는 일을.
3. **실행하라:** 남들과 다른 시선으로, 구체적인 목표를 세우고, 지금 당장!

이 세 가지를 크게 벗어나지 않는다.

내가 돈 공부를 시작해 200여 권의 책을 읽으며 연소득을 월소득으로 만들었다고 하자, 사람들에게 그중 가장 좋았던 책, 즉 '읽으면 부자가 되는 책'을 추천해달라는 말을 많이 들었다. 간단한 방법은 제목에 '돈'이나 '부자'가 들어간 아무 책이나 읽어보는 것이다. 나도 그렇게 시작해 기본기를 쌓았다. 초반에는 역시나 작심삼일이 문제다. 그렇다면 사흘에 한 권씩 읽으며 다짐하면 되지 않을까? '작심삼일 독서'에 도전할 분들에게 내가 추천하는 책은 다음과 같다.

『식당, 생각을 깨야 이긴다』(천그루숲 2019)

『사람들은 왜 한 가지만 잘하는 식당을 찾을까?』
(천그루숲 2018)

『잘되는 식당의 비밀 숫자가 답이다』(경향BP 2019)

『살아남는 식당은 1%가 다르다』(천그루숲 2017)

음… 왜 갑자기 식당 책이지?

식당을 해야만 부자가 되나요?

나는 식당을 할 생각이 없는데?

식당을 하라는 말이 아니다. 나야말로 식도락과 맛집이라는 것에는 관심이 없고, 식당 창업에는 더더욱 관심이 없음에도 이 책을 적극 추천한다. 원래 하나를 잘하는 사람은 둘도 셋도 잘하는 법이다. 이 책들에는 식당을 넘어 부자가 되는 법, 심지어는 돈이 되는 글쓰기 기술까지 들어 있다.

책은 저 중에서 아무거나 읽어도 좋다. 저자가 한 사람이기 때문이다.

바로 식당 컨설턴트 이경태 씨다.

내가 이경태 씨를 알게 된 건 순전히 책 선생의 추천 때문이었다.

책 선생은 1년에 책을 300권 가까이 읽는 다독가다. 특히 한국에 나온 경제경영, 자기계발서 분야에는 모르는 책이 없다. 그는 읽고 싶은 신간이 나와도 무조건 6개월을 기다렸다가 알라딘 중고 서점에서 사는 짠돌이 인색남인데 이경태 씨의 책은 나오자마자 신간으로 구매하고 전권을 소장하고 있다. 책 선생은 이경태 씨를 이렇게 평했다.

"이분이야말로 대한민국 타짜다."

돈 쓰기는 말할 것도 없고 칭찬에도 인색하기로 소문난 책 선생이 이렇게 극찬을 하다니. 나는 놀라운 마음으로 이경태 씨의 프로필을 살펴봤다.

식당 컨설턴트. 음, 식당 창업을 도와주는 사람이군.

21년의 경험. 그렇다면 식당 컨설턴트가 문제가 아니라 이분 자체만으로도 성공한 1인 기업으로 배울 점이 있겠구나.

현재(2020년)까지 16권의 책을 낸 작가. 분야가 다르다 하더라도 16권의 책을 쓰셨다니 존경심이 생긴다. 게다가 몇 년 전까지만 해도 이분의 홈페이지에 있는 글을 읽으려면 연회비 100만을 내야 했다.

이경태 씨는 웬만한 작가들도 할 수 없다는 "글 써서 먹고살 수 있는" 경지에 있는 사람이다. 나의 평생 고민이 글 써서 먹고살 수 있을까였는데 대체 어떤 글이기에 1만 원짜리 책 한 권도 비싸다는 사람들의 지갑을 열게 만드는 걸까. 돈이 되는 글쓰기는 뭘까. 너무너무 궁금했다. 나는 가까운 서점에 가서 최근에 나온 책『식당, 생각을 깨야 이긴다』를 사서 꼼꼼하게 읽기 시작했다.

그는 일단 창업을 시작하려는 사람에게 하지 말라고 한다. 뭔가 이상하지만 또 한편으로는 양심적이다. 그래도 진짜로 진짜로 해야 한다고 결심한 사람에게는 가장 먼저 책 읽기를 권한다. 책 읽기라… 식당 창업과 책 읽기가 무슨 상관이지?

식당을 하면 열에 여덟이 망하는데 그건 다 이유가 있는 거야. 제일 큰 이유는 공부 부족이야. (…) 아이들에게 공부 소리 지겹게 하잖아. 그 아이가 대학 나와서 직장 들어갈 때도 공부해야지? 죽어라 해야지? 하라는 소리 안 해도 지가 알아서 죽어라 하잖아. 그런데 그런다고 다 좋은 직장 들어가면 청년 실업자는 왜 점점 늘까? (15~16면)

어떤 책이 좋은지는 아무도 몰라. 그러니까 제목을 보고 고르던, 목차를 보고 고르던, 저자 이름을 보고 고르던 그건 마음대로 해도 좋아. 읽다가 재미없으면 덮으면 되고, 말 같지 않은 소리면 돈 주고 샀지만 그깟 책 버리면 되지. '식당 창업' '식당 경영' '장사 사례' 등등의 이야기를 담은 책 50권 정도만 읽어봐! 그 책값이 아깝다고? 그래봐야 70~80만 원 정도야. 그런 돈이 아까워 책도 안 보고 식당을 해보겠다는 사람을 보면 가소롭기 그지없어. 권리금이 수천만 원이고, 월세도 수백만 원인데 70만 원 투자하여 책을 보는 수고도 없이 식당을 준비한다는 게 말이 돼? 읽다가 마음에 들지 않아서 버려봐야 몇만 원, 그 돈 아껴서 부자 될 건가? (17면)

캬, 과연 타짜다. 부자에 관한 책에도 독서 얘기는 빠지지 않는다. 글 쓰는 작가가 되고 싶다면 먼저 책을 읽어야 한다. 책의 힘을 믿지 않는 작가란 존재할 수 없는 법이다. 그 외에도 책장을 넘길수록 작가만의 독특한 시선에 여기저기 밑줄을 긋게 만든다. 어려운 말을 하고 있는 게 아니다.

> 아는 사람은 간단명료하게 말하고, 어설피 아는 사람은 그
> 걸 감추려고 말을 부풀린다. (225면)

작가의 말처럼 기본이 되는 것과 본인만의 혜안을 찾아
가는 방법을 쉽고 적절하게 가르친다. 식당 사장은 식당 손
님 입장에서 생각해보는 것이 기본이다. 모두가 상권 분석
이라는 거창한 이름으로 유동 인구가 많은 곳을 적격이라
말하며 어마어마한 권리금과 월세를 감당하고 있을 때 '변
두리 창업학'을 설파하고, '온리원이 넘버원'이라는 이론으
로 단일 메뉴를 판매하고, 거기에 판매 시간까지 제한하라
는 통 큰 시도를 제안한다. 이제껏 정답이라 여겨졌던 장사
의 관점을 깨뜨리는 생각이 가득 담겨 있어 간단하게 핵심
을 뽑을 수 있었던 다른 책들과는 밀도가 달랐다.
나는 이 책의 사례와 주장들을 내가 하고 있던 에어비
앤비에 대입해보며 열심히 따라 읽다가 드디어 이 책의 핵
심과 만났다.

> 식당이 손님을 제압해야 단골로 삼을 수 있다. (…) 손님
> 을 이끌고 가야 한다. 그게 번성과 빈궁의 차이다. 이기려

면 상대를 먼저 제압해야 한다. 손님은 4명이 3인분 찌개를 먹고 싶어 한다. 그걸 미리 눈치채고 4인분을 주문받지 않으면 손님은 기가 꺾인다. 굳이 궁핍한 이유를 댈 필요가 없으니까 식당을 노려보지 않는다. 고기를 먹고 추가를 했으니 뭔가 더 주면 좋겠다는 손님의 심정을 눈치채고 공격하면 손님은 행복해하고 기꺼이 지갑을 더 연다. 그런 게 바로 제압이다. 옳은 것을 먼저 실행해 손님이 돈을 내면서 식당에 손 내밀게 하는 것이 제압의 기술이다. 아무리 강한 바람이 불어도 외투를 벗지 않는 여행자라는 것을 우리는 알면서, 실제 장사에서는 따뜻한 햇살로 공격할 생각이 없다. 아니, 못한다. 바로 그걸 알려주는 것이 식당 컨설팅이다. 나는 그걸 할 뿐이다. (172면)

이 책의 핵심을 넘어 식당 컨설팅의 핵심은 곧 손님을 제압하라는 것이다. '내가 최고니까 올 테면 오고 말 테면 말아'라는 식의 제압이 아니라 따뜻한 햇살로 제압해야 한다. 손님이 원하는 것을 미리 알아채고 그걸 먼저 해주면 손님도 기꺼이 지갑을 연다.

내가 에어비앤비를 처음 시작했을 때도 마찬가지였다.

내가 살던 집은 부천역에서 도보로 15분이 걸렸다. 게다가 길의 끄트머리에는 오르막길이 있었다. 그래서 가격은 1만 원. 일행이 있는 게 아니면 1인 1실이 원칙이었다. 나도 과거에 여행을 다닐 때 항상 숙소를 찾았고 그러면서도 깨끗하고 안전하기를 원했기 때문이다. 가격부터 이미 저렴했지만, 나는 손님이 오신다고 하면 역 앞으로 마중을 가서 짐을 들어줬다. 그때는 내가 도서관을 다니며 글만 쓰고 있을 때라 시간이 많기도 했지만 처음 남의 집에 방문하면서 얼마나 불안한 마음이 들까 하는 생각도 있었고, 혼자 짐을 들고 15분이나 걸어야 하니 미안하기도 했다. 평상시에는 머리도 잘 빗지 않고 아무 옷이나 주워 입고 다니지만, 손님을 픽업하러 가는 날이면 머리도 깔끔하게 빗고 옷도 좀 제대로 입고 역 앞으로 나갔다.

다음 날 시험이나 면접을 보러 간다는 손님이 있으면 그날 아침 직접 만든 토스트와 따뜻한 차를 대접했다. 손님들은 1만 원밖에 안 받으면서 이렇게 주고 나면 뭐가 남느냐고 했지만 서로 좋은 기억이 남는다. 중요한 날 아침을 기분 좋게 시작한 게스트들은 거의 합격을 했고, 그 좋은 기억은 다 우리 집의 후기로 남았다. 덕분에 나는 3개월 만에 슈퍼 호스트가 되었고, 결론적으로 빚을 내더라도 집을 사야겠다고 결심을 하는 데 그들의 도움이 컸다.

손님을 따뜻한 햇살로 제압하라는 말은 글쓰기에도 적용된다.

독자를 따뜻한 햇살로 제압하라.

나는 이제껏 글을 쓸 때 매번 앓으면서 썼다. 조사 하나도 몇 번씩이나 고쳐가며 한 시간에 겨우 세 줄, 네 줄 쓸 때가 많았다. 그러니 글쓰기를 사랑하지만 즐긴다고는 할 수 없었다. 이번에는 좀 쉽게 써보고 싶었다. 머릿속에 떠오르는 것들을 아름다운 형식, 근사한 문장으로 다듬으려 애쓰지 말고 그냥 술술 써보자 싶었다.

그러기에는 블로그가 좋을 것 같았다. 내가 아직 부자가 아니라 내가 하는 돈 얘기를 사람들이 읽어줄까 걱정이 되기도 했지만, 부자가 되기 위해 한 계단씩 오르고 있는 모습을 솔직하게 보여주자 싶었다. 그러면 나와 같은 사람들과 함께 성장할 수 있을 것이다.

그래, 솔직하게 쓰자.

내가 가진 패를 다 보여주자.

나는 2018년 나의 연소득이 480만 원이라는 사실을 공개하기로 했다. 엘리베이터도 없는 조그만 빌라 하나를 샀지만 여전히 내 방 없이 거실에서 살고 있는 모습도, 내일모레 마흔이지만 다시 늦깎이 아르바이트생이 되어 출퇴근을 하며 글을 쓰는 모습도, 가끔씩은 나조차도 이렇게 아등바등한다고 과연 뭐가 달라질까 불안할 때도 있지만 다시 한 번 마음을 다잡고 차곡차곡 기록하자.

사실 예전에는 나를 위해서 썼다. 갑자기 신병이 난 사람처럼 글이 너무 쓰고 싶었고, 글쓰기 말고는 그 무엇도 재미가 없었다. 하지만 이제 나 자신은 물론 나와 같은 상황의 누군가에게 조금이라도 도움이 되었으면 좋겠다는 마음으로 고치고 고치며 쓴다. 지금 내가 쓰고 있는 이 글이 누군가에게 따뜻한 햇살과 같은 응원이 되기를 바라며.

좀더 쉽게, 좀더 솔직하게.

승부수

스스로를 믿고 변화를 시작한다

힙합에 올드스쿨(Old school)과 뉴스쿨(New school)이 있다면, 부자의 길에도 올드스쿨과 뉴스쿨이 있다.

부자 수업에서 올드스쿨이란 "개같이 벌어서 정승같이 쓴다" "티끌 모아 태산"처럼 예로부터 대대손손 내려와 현재의 짠테크의 계보가 된 고전적인 방식을 말한다. 뉴스쿨은 엠제이 드마코의 『부의 추월차선』(신소영 옮김, 토드 2013), 알렉스 베커의 『가장 빨리 부자 되는 법』(오지연 옮김, 유노북스 2018), 팀 페리스의 『나는 4시간만 일한다』(최원형·윤동준 옮김, 다른세상 2017) 등에서 주장하는 디지털 현대 사회를 기반으로 생겨난 급진적인 개념과 방법이다.

2019년 여름, 부자가 되겠다고 결심한 나는 올드스쿨 라인에 올라탔다.

개같이 벌어 티끌부터 모으기. 자수성가로 부를 일군 사람들이 공통적으로 한 이야기가 어떻게든 아껴라였고, 내가 지금 당장 적용할 수 있는 부자 실천법이 그것밖에 없었다.

나에게는 글쓰기라는 강점이 있었지만, 글을 쓰기 시작한 서른 살부터 지난 8년 동안 글쓰기로 번 돈보단 글쓰기 때문에 까먹은 돈이 더 많으니 슬프지만 그 방법은 잠시 접어둬야 했다. 그리하여 보릿고개를 지나온 부자 선배들이 쓴 교과서대로 첫째 안 쓰고 안 먹고, 둘째 다시 직장을 나가서 황희 정승이 만난 소처럼 일했다.

매일 돈 관련 책을 읽고, 대출로 산 집의 빈방을 하우스메이트들로 채우고, 경제신문을 읽고 주식 공부를 하며 파이프라인을 만들어 매달 치과 월급 200만 원을 모조리 저금하고 보니 어느덧 10개월이 지나 목표액 2,000만 원을 달성했다.

짧으면 짧고, 길다면 긴 시간. 10개월.

크다면 크고, 작다면 작은 돈. 2,000만 원.

집이 있지만 내 방이 없이 거실에 파티션을 치고 살았다. 롱패딩 하나 숏패딩 하나로 겨울을 나고, 말 그대로 폼 안 나게 살았다. 굳이 돈 때문에 그렇게 해야 하냐고, 티끌은 모아봐야 결국 티끌이라고, 사고 싶은 화장품 참아가며 화장품 주식 몇 주 사는 게 무슨 의미가 있냐고, 그런 말을 숱하게 들었지만 어찌 됐든 내 대출금과 내 인생을 책임져줄 사람은 나뿐이었다. 그리고 무엇보다 올드스쿨에서는 남의 시선을 상관하지 않고, 스스로를 통제할 수 있는 절제력을 키우라고 강조한다.

돈 공부를 시작한 지 10개월. 그렇게 아끼고 아껴 모은 2,000만 원.

그에 더해 나는 (대출이 반 이상이긴 해도) 내 몸 하나 뉘일 내 집이 있고, 어딜 가도 돈이 나올 구멍이 보이는 눈을 갖게 되었으니 이미 내 기준에서는 완전 부자가 되어버렸다. 무엇보다 예전처럼 돈 걱정에 시간과 에너지를 쓰지 않는 것만으로 나는 충분히 행복한 부자다.

그러나 나는 히딩크야.

"나는 아직 배가 고프다."

돈에 관해 아무것도 모르던 내가 야심차게 세웠던 목표는 마흔다섯 살에 10억 원의 금융자산을 갖는 것이다.

2020년 김얀의 나이 39세. 남은 시간은 6년.

10억 원을 가진 부자가 되기 위해서는 이제 올드스쿨의 고전적인 방법 외에 뭔가가 더 필요하다는 걸 느꼈다. 부자 뉴스쿨 라인 추종자들의 말처럼 지금과 같은 방식으로 나의 시간과 노동력을 갈아넣어가며 돈을 버는 것에는 한계가 있기 때문이다. 게다가 나의 목표는 그냥 '부자'도 아닌 '대부호'가 아니더냐. 진짜 나만의 승부수를 던질 때가 왔다.

좋다, 그런데 과연 나의 승부수는 무엇일까? 승부수를 찾기 위해서는 약간의 조사가 필요하다. 먼저 통상적으로 부자가 되는 방법을 살펴보자.

1. 사업 소득

나도 종국에는 문학을 기반으로 강점을 살린 내 사업을 하고 싶지만 그러기에는 좀더 연구가 필요하다고 생각한다. 지금 당장은 무턱대고 실행할 수 없다.

2. 부모님 재산 물려받기

돈 공부를 시작하게 된 계기 중 하나가 부모님의 노후 걱정 때문이었으므로 패스.

3. 부자랑 결혼하기

나보다 열세 살 어린 내 남자친구 제이는 대학생이다… 제이… 대체… 언제 졸업해…

4. 로또

호주에 있을 때 우연히 로또 3등(1,300달러)에 당첨된 적이 있지만, 매주 로또 사는 돈을 아껴 괜찮은 동전주(주식)를 사는 게 훨씬 낫다고 생각한다.

5. 고소득 전문직

내 메인 직업은 작가인데⋯ 일반적으로 문학 작가들의 연봉은⋯ (눈물)

6. 주식

나의 주식 철학은 조금 적게 먹더라도 안전한 우량주와 배당주에 투자하는 것인데 그것으로 부자가 되기에는 내가 가진 종잣돈이 너무 적다(결국 주식도 규모의 경제다). 자본금이 적은 사람이 주식으로 승부를 내려면 단타(단기 투자)로 전투(전업 투자)를 해야 하는데 나는 시간이나 공부가 부족하다. 그리고 내가 개같이 벌어 티끌로부터 소중하게 모은 돈이라 위험을 감수하고 싶지 않다. 내 돈 소중해⋯

7. 부동산

그나마 내가 비벼볼 만한 분야라고 생각한다. 그깟 4,000만 원으로 무슨 부동산이냐 하는 사람도 있겠지만, 보고자 하면 다 보이는 법이다. 부동산이라는 게 꼭 서울의 아파트만 있는 것이 아니고 억대 시세 차익만이 부동산 투자의 정도(正道)가 아니다.

흔히 한국에서 부동산이라고 하면 누구나 아파트를 떠올린다. 서울 한강변 아파트, 특히 강남 아파트는 성공의 상징이자 부동산 투자의 꽃으로 여겨진다. 모두가 말도 안 되는 집값을 욕하면서도 속으로는 너무나 가고 싶어 하는 곳, 환상의 공간이다.

내가 좋아하는 더콰이엇의「한강 gang」이라는 노래가 있다. 서울로 가서 엄청 유명해져 부자가 되겠다는 패기로운 힙합맨 젊은 창모 역시 목표는 광장동 강변의 집이다. 그러고 보면 '돈을 좀 벌었다' '부자가 되었다'며 부를 과시할 때 늘 한강변 아파트를 보여준다. 그런데 부자가 되어서 보여줄 수 있는 게 기껏 해야 한강변 아파트라면 솔직히 좀 싱거운 결말 아닌가?

좀 다른 방식으로 부를 과시하는 방법은 없는 걸까? 말도 안 되게 높은 서울 강변의 집값은 사람들의 이런 욕망이 만든 것이다. 좋아, 나는 부자가 될수록 강남과 멀어진다. 그것이 나의 승부수다.

내가 이렇게 개같이 돈을 버는 이유가 한강변 아파트는 되지 말아야지. 나의 승부수는 부동산이지만, 말 그대로 사람이 사는 생활 공간으로서의 부동산으로 승부를 내고 싶었다.

부동산 하면 모두가 아파트를 권하는 세상. 그래서 나는 스스로 나만의 방향을 찾아 내가 배울 수 있는 부동산 선생님을 찾았다. 다행히도 남들이 가는 정반대 방향으로 가는 분들이 이미 계셨다. 참으로 세상은 넓고, 돈 버는 방법은 다양하다.

"결국에는 같은 대지지분이다"라고 외치며 저렴한 값에 서울의 땅을 산다는 접근법으로 모두가 꺼려하는 반지하 경매를 통해 큰 수익을 낸 반지상 씨. 그의 주장은 그가 쓴 책인 『강남 아파트보다 반지하가 좋다』(무한 2018)에 자세히 나와 있다.

급매로 나온 빌라를 사서 셀프 리모델링을 한 뒤 셰어하우스를 하며 수익을 내다가 시세 차익을 남기고 파는 것으로 부동산을 시작한 유튜브 '이런 꽃같은 재테크 임티스트.'

"경매보다 급매" "무조건 싼 물건보다 언제든 털고 나올 수 있는 매물에 집중하라"라고 강조하는, 빌라 투자의 길잡이가 되어주는 블로그 '빌라지식인'.

특히나 나처럼 큰 종잣돈 없이 부동산 투자를 시작해야

하는 상황에서 이분들의 책과 유튜브는 좋은 길잡이가 되었다. 나도 친구 집에 전세를 살며 우연찮게 에어비앤비를 시작해 수익형 부동산에 눈을 뜬 케이스이고, 그 덕분에 집을 사서 현재도 하우스메이트들을 받아 생활비를 얻고 있기 때문에 이런 공유주택 사업을 내 승부수로 삼아 계속 확장해갈 자신이 있다. 물론 임티스트 님의 유튜브 채널을 보면 알겠지만, 셰어하우스나 공유주택 사업이 절대 쉬운 일은 아니다.

일단 내가 사는 곳을 타인에게 오픈한다는 것부터가 보통,

1. 돈에 미쳤거나
2. 원래 성격적으로 조금 미쳤거나

그렇지 않으면 좀 힘들다. 나는 둘 다에 해당되기 때문에 이 일이 적성에 잘 맞았다. 그리고 '무보증금에 월 30만 원대, 1인 1실 원칙의 여성 전용 하우스'로 운영하다 보니 큰 보증금이 없이 독립을 준비하는 친구들이 꾸준히 찾아와 여태까지 공실률이 거의 없다.

지금은 스스로 독립하기 전에 거쳐 가는 집, 각자의 이야기가 모이는 곳이라는 콘셉트로 셰어하우스 '김얀 집'을 확장하기 위해서 공부를 하는 중이다. 내가 하는 부동산 공부란,

1. 서울과 주변 경기 지역 이름과 위치를 외우고
2. 서울과 인천 지하철 노선을 외우고
3. 다음 지점으로 생각하고 있는 동네와 그 부동산을 돌며 그중에서 나와 대화가 잘 통하고 양심적인 사장님들과 친분을 만들어 좋은 급매물이 나오는 걸 체크하고 수시로 집을 보러 다닐 것.

특히나 월 30만 원대의 가격으로 1인 1실 원칙을 지키려면 집값이 1억 5,000만 원을 넘으면 안 되는데 그렇기에 "이혼하면 부천 가고 망하면 인천 간다"라는 이른바 '이부망천'의 도시 인천과 부천은 나의 승부수를 띄우기에 너무나도 좋은 곳이었다.

'이부망천'은 많은 사람들이 알다시피, 2018년 6·13 지방선거를 앞두고 각 당의 대변인들이 수도권 판세를 분석

한다고 방송에 나와 토론을 하던 중 당시 자유한국당의 원내 대변인이 한 발언에서 유래했다. 대체 무슨 생각으로 한 말인지 덕분에 가만히 있다가 한순간에 서울에서 밀려난 실패자가 되어버린 인천과 부천 시민들의 원성과 분노가 끓어올랐다. 흥분을 조금 가라앉히고, 대변인의 발언을 다시 한 번 정확히 들어보자면 대략 이렇다.

> 인천이라는 도시가 그렇습니다. 지방에서 생활이 어려워서 올 때에 제대로 된 일자리를 가지고 오는 사람들은 서울로 옵니다. 그렇지만 그런 일자리를 가지지를 못하지만 지방을 떠나야 될 사람들이 인천으로 오기 때문에 아까 실업률, 가계부채, 자살률 이런 것들이 또 꼴찌 있습니다. 여러 가지 또 꼴찌입니다. 이런 것들이 예를 들어 서울에서 살던 사람들이 양천구, 목동 같은 데 잘 살다가 이혼 한 번 하거나 하면 부천 정도로 갑니다. 부천에 갔다가 살기 어려워지면 그럼 저기 인천 가서 중구나 남구나 이런 쪽으로 갑니다.(「6·13 지방선거, 수도권 판세분석」 YTN 2018.6.7.)

인천은 지방에서 생활이 어려워서 올라오는 사람들이

제대로 된 일자리를 가지지 못하고 오는 경우가 많고, 부천은 서울에서 잘 살다가 이혼을 하거나 직장을 잃으면 서울에서 밀려나서 오는 곳이라서 '이부망천'이라는 것이다.

그 말인즉 뒤집어 보면 인천과 부천은 무언가를 새롭게 시작하기에 좋은 곳이라는 뜻이다. 고로 인천과 부천은 재기의 도시, 부활의 도시, 회복의 도시라는 말! '김얀 집' 콘셉트와 너무나도 잘 맞다. 나 역시도 빈손으로 와서 많은 걸 얻을 수 있었던 곳이 바로 여기 부천이고, 부자 부(富)를 쓰는 부천답게 나의 숨어 있던 부자 씨앗의 싹을 틔울 수 있게 해준 곳 또한 여기다.

객관적으로도 부천과 인천은 장점이 많은 도시다.

1. 서울과의 접근성 그리고 세계적인 인천국제공항과의 접근성이 좋다.
2. 수도권 치고 저평가된 지역이 많고, 물가가 저렴하다.
3. 초고속 전철 GTX-B 이슈.

그렇기 때문에 나처럼 종잣돈이 적은 사람이라도 실거주나 부동산 투자를 하기에 굉장히 매력적인 곳이라 나는

1호선 부천역 나의 첫 주택에 이어 7호선 부천시청역 근처의 급매 오피스텔을 사서 나의 작업실로 만들었다. 이제 다음 매매까지는 시간이 좀 걸리겠지만, 그래도 항시 부천과 부평(인천) 지역에 나오는 급매 빌라들을 미리 살펴보며 '김안 집' 2호점을 머릿속에 그리고 있었다.

2020년 정부의 집값과의 전쟁으로 부동산에는 갑작스러운 변화가 많이 생겼다. 2020년 6월 17일 부동산대책 발표 이후 부천과 인천이 조정대상지역이 되었고, 7월 10일에 나온 대책 이후로 주택임대사업자와 다주택자 취득세에 관한 법률 규정이 크게 바뀌었다.

앞으로 조정대상지역에서 두 번째 집을 사면 취득세가 8퍼센트, 세 번째 집부터는 12퍼센트로 바뀌고, 주택임대사업자의 임대의무기간도 10년으로 바뀌었다. 지하철 전 라인에 셰어하우스를 하나씩 만들겠다는 꿈은 잠시 스톱이 된 상태다. 새로운 변화에 맞는 나만의 대책이 필요해서 여러모로 고민 중이다.

그러던 와중에도 내 블로그의 방문자 수는 점점 늘어

났다. 정말 놀라운 건, 사람들의 댓글과 메시지였다. 내 글을 읽고 방치해뒀던 블로그 글쓰기를 시작했다는 사람들도 있고, 돈에는 전혀 관심 없었던 사람들이 돈 공부를 시작하고 경제신문을 읽는다는 댓글도 많았다. 아침에 물 한 잔을 마시고 방 정리를 시작하고, 쇼핑 중독을 고쳐보려 한다는 사람들, 오랜만에 서점에 가서 책을 사고 소액으로 주식 투자를 시작했다는 사람들, 스스로를 믿고 변화를 위한 작은 행동을 시작했다는 사람들.

그분들이 주신 메시지를 읽으며 나는 글이 가진 힘에 대해서 생각했다.

그저 문학만 파고 그것만 꿈꿨던 내가 이렇게 돈에 관한 글을 쓰게 될 것이라고는 상상해본 적이 없었다. 평생 모를 거라고 생각했고, 알고 싶지도 않았던 돈에 관한 이야기. 놀랍게도 이 이야기가 포기하고 있었던 글쓰기를 다시 나의 승부수로 던져볼 수 있게 만들었다.

사실 '이야기'와 '글쓰기'만큼 좋은 사업 재료도 찾기 힘들다. 세상 모든 것에는 이야기가 있고, 글쓰기는 초기 자본이 필요하지 않다. 언제, 어디서나 펜과 종이만 있으면 누구라도 시작할 수 있다. 물론 지속 가능한 사업이 되기 위해서는 사람들에게 도움이 될 만한 '나만의 이야기'를 만들어내고, 그것이 좋은 영향력을 만들어, 종국에는 얼마가 되더라도 수익을 낼 수 있어야 한다.

그리하여 나는 스스로를 믿고 변화를 시작한 사람들이 준 메시지를 떠올리며 한 문장을 생각해냈다. 이 한 문장이 앞으로 내가 어떤 사업을 하든 나의 승부수가 되어줄 것이다.

Love your story

결국, 우리의 이야기가 우리의 승부수가 되어줄 것이다.

세금

세무서에서 한 결심

5월은 푸르고, 어린이와 어버이, 스승 들의 날이 있다. 지금은 거기에 세금까지 생각해야 하는 달이 되었다. 돈 공부에는 당연히 세금에 관한 파트가 있기 마련이고 절세 역시 재테크의 범주에 들어가기 때문에 조금씩 공부를 하는 중이다.

나는 4대보험에 가입된 직장인이기도 하지만, 프리랜서 작가이기도 하기 때문에 종합소득세 신고를 따로 해야한다. 그 신고 기간이 5월이다.

프리랜서 작가로 살면서 한 번도 이 기간에 맞춰 신고해본 적이 없었다. 늦게 신고하면 벌금이 있지만 그간 글을

써서 번 수입이 너무나 소박했기에 언제나 세금 환급으로
돈을 받아왔다. 2018년부터는 세무서에서 먼저 '근로장려
금'을 주겠다고 전화가 오기까지 했다.

근로장려금
국가가 빈곤층 근로자 가구에 대해 현금을 지원해주는 근
로연계형 소득지원제도로 2009년부터 실시됐다. 근로상
려금은 근로소득의 규모에 따라 차등 지급함으로써 제도
자체에 근로를 유인하는 기능을 부여한다.

그랬기에 나는 세무서에 가는 일이 귀찮지 않았다. 일
단 세무서에 가면 소액이라도 매번 세금을 환급받았고 근
로장려금까지 받을 수 있었기 때문이다.

드디어 2020년 5월이 되었고, 이번에는 기간에 맞춰
기쁜 마음으로 세무서를 찾았다. 종합소득세 신고는 홈택
스나 손택스(핸드폰으로 하는 홈택스)로 간단하게 집에서 할
수도 있지만, 공인인증서는 언제나 나를 미치게 만들기 때
문에 직접 갔다. 종합소득세 신고의 달답게 입구에서는 대
기하는 사람들로 가득했다. 더군다나 코로나19 때문에 한

번에 입장하는 사람 수에도 제한을 두고 나머지는 적당한 거리를 두고 앉게 해서 세무서 앞마당은 띄엄띄엄 앉은 사람들로 가득했다. 내년에는 기필코 홈택스를 마스터하리라 다짐을 하며 앉아 있는데 흥미로운 얘기를 들었다.

앞에서 번호표를 나눠주고 안내해주는 사람이 어떤 사람의 질문에 손으로 나팔 모양을 만들며 큰소리로 "1가구 3주택 이상이신 분들은 저희가 도움을 드릴 수 없으니 개인 세무사를 이용해주세요"라고 외쳤다.

그때 생각했다.

'아, 홈택스가 문제가 아니라 다음 번에는 나도 개인 세무사를 이용하는 사람이 되어야겠다.'

그런 생각을 하며 한 시간 가까이 기다리다가 세무서로 들어가니 소득이 적은 프리랜서 작가라 막상 신고하는 데 걸리는 시간은 매우 짧았다. 내 앞에 앉은 세무서 직원이 아주 빠른 속도로 다 처리해주었다. 하지만 여전히 작가로번 사업소득이 2,400만 원 미만인지라 이번에도 20만 원정도를 환급받게 되었다. 예전 같으면 "앗싸, 공돈이다" 하면서 휘파람을 불었을 텐데, 돈을 공부하고 보니 내년에는 세금을 더 내게 될지라도 작가로 버는 돈이 2,400만 원을 넘겼으면 좋겠다고 생각했다. 내려오는 길에 '근로장려금 관련 문의'라는 팻말을 보았다.

2019년에 치과에서 일한 근로소득이 4개월밖에 없어 혹시나 이번에도 대상자가 되나 싶어 물어보니 작년 전체 소득이 2,000만 원이 넘어 근로장려금 대상자가 아니라는 얘기를 들었다. 그 순간, 너무 감격스러웠다.

돈을 못 받는다는데 이렇게 기뻐하는 사람은 처음인 듯 직원 분은 어리둥절한 표정이었지만, 나는 기쁜 마음으로 세무서를 나섰다.

'드디어 근로장려금을 벗어나게 되었다니.'

집으로 가는 버스를 기다리며 들뜬 목소리로 엄마한테 전화를 하고 집으로 돌아와 거실 한편에 누우니 스스로가 대견해서 눈물이 찔끔 났다.

부자일수록 세금을 많이 낸다. 세금을 많이 내는 이유 는 그만큼 열심히 일했고, 가진 것이 많고, 돈을 많이 벌었기 때문이다. 앞으로 세금을 많이 내는 사람이 되고 싶다.

두 달 뒤 7월에 나는 재차 세무서를 방문했다. 일반 프리랜서 작가가 아닌 개인사업자 등록을 하기 위해서.

웃으면서 세금 내는 사람이 되어야지.

너도 좋고 나도 좋은 사업을 해야지.

돈도 글도 멋지게 쓰는

대부호가 될 거야.

세무서를 나서며

돌고 돌아 돈 얘기

처음 돈 공부를 시작했을 때, 돈을 좀 예술적으로 벌고 싶었다. 하지만 그건 바람일 뿐 내가 가진 돈에 관한 지식은 제로에 가까웠다. 솔직히 나는 예술도 잘 몰랐고 돈에 관해서는 더욱 몰랐다. 그렇다고 영 마이너스는 또 아니었다.

서른아홉 해를 살아오면서 그래도 크게 빚을 내본 적 없었고, 글을 쓰겠다고 서울로 오기 전인 서른 살까지는 직장 생활을 했기 때문에 3,000만 원 정도의 쌈짓돈도 있었다. 스물일곱 살에 일본어를 배우기 위해 갔던 오사카 어학연수부터 서른맞이 유럽 여행도 모두 내가 번 돈으로 다녔다.

문제는 글을 쓰면서부터 저축은커녕 모아놓은 쌈짓돈까지 까먹어야 할 형편이 된 것이었다. 그럼에도 돈에 대해 깊이 생각해보지 않았던 것은 지금 '현재'에 집중하라는 사회적인 분위기도 있지만, 나에게는 명확한 노후 계획이 있었기 때문이다.

나의 노후 계획은 스위스에 있었다.

'존엄하게 살고 존엄하게 죽기 위해서'라는 모토로, 어느 인권변호사에 의해 설립된 스위스의 비영리 단체 디그니타스. 이곳은 불치병이나 질병으로 인한 고통 등으로 스스로 죽음을 원할 경우, 스위스 형법과 자체 규정에 따라 심사한 후 의료적으로 자살을 도와주는 곳이다. 조력 자살 또는 안락사.

뭔가 무시무시한 단어들이지만 태어나는 것은 내 의지가 아니었으므로, 죽음은 스스로 선택할 수 있어야 한다는 생각은 지금도 변함이 없다. 그것이야말로 능동적이고 주체적인 삶이고 그렇게 스스로 죽음을 준비할 수 있을 때, 죽음은 더 이상 비극과 두려움이 아닌 존엄한 인생의 마무리가 될 수 있을 것이다. 그래서 스위스로 가는 비행기 값, 체류비, 약물 비용과 그 후 처리 비용 등에 필요하다는 3,000만 원을 준비해두었고 그것이 나의 노후자금이었다.

한국에서 안락사는 찬반 논란 자체도 제대로 논의되지 않을 정도로 보수적인 의견이 대세이기도 하지만, 그보다 더 큰 문제는 스위스에 가기 전까지 내게 남은 시간이 아주 많다는 것이었다. 나는 현재 불치병도 없고 정상 생활이 불가능할 만큼의 고통도 없다. 아직은 하고 싶은 게 많고 죽고 싶지 않다.

멋진 소설을 쓰고 싶다. 내가 쓴 대본을 읽으며 움직이는 배우들을 보고 싶다.

먹어보지 못한 과일이 있다.

언젠가는 꼭 다시 만나고 싶은 사람들이 있다.

정성껏 시간을 들여 내가 만났던 사람들에 대한 이야기를 쓰고 싶다.

직접 그림을 그린 책도 내고 싶고 기타를 배우고 싶다.

나의 유년 시절에는 괴로움이 많았지만, 갓 태어난 조카들에게는 아름다운 세상을 보여주고 싶다.

그러니 어떻게든 좀더 살아야 한다. 그냥 살아지는 대로 사는 것이 아니라, 배움과 글쓰기, 여유로운 마음으로 생을 채우기 위해서는 돈이 필요했다. 돈은 단순히 물건을 사고파는 문제가 아닌 기회와 여유를 살 수 있다는 것을 은행 창구 앞에서 확실히 깨달았다. 그래도 다행인 건, 나는 글을 쓰는 사람이라는 것. 글을 쓰는 사람의 주특기는 '주제 파악'이다. 무작정 좌절하고 괴로워하기보다 얼른 나의 상황과 문제점을 파악했다.

인생 100세 시대를 넘어 이제는 120세 시대가 되었다고 봤을 때, 인생의 3분의 1은 내가 하고 싶은 대로 하며 살았으니 이만하면 됐다. 이제부터는 전과 다르게 한 번 살아보자고 스스로 생각했다. 그렇게 우연찮게 각성하는 기회를 만나 돈을 공부하며 자수성가형 부자들이 쓴 책을 읽고 그들이 했던 방식을 아이처럼 따라해보았다.

책에서 말하는 대로 아르바이트를 시작해서 주 수입원을 만들고, 빈방을 내줘서 사이드 잡을 만들고, 식비를 아끼고, 주식 공부를 했다. 침대에 누워서 공상하며 시간을 펑펑 쓰던 시절과 반대로 자투리 시간까지 알뜰히 모아가며 움직였다. 그러면서도 글쓰기를 놓을 수 없으니 몸과 머리가 쉴 틈이 없었다. 내 방까지 남에게 다 내주고 거실 한편에 파티션을 치고 앉아서 노트북을 두드리던 어느 날 이러다간 스위스로 가기 전에 죽을 수도 있겠다는 생각이 든 적도 있었다. 하지만 생각보다 생은 길고 죽음은 알프스 꼭대기만큼 멀리 있다.

그렇게 1년이라는 이상한 시간을 보내고 나니 나는 예전과는 전혀 다른 사람이 되어 있었다. 통장에는 내 평생 모은 돈보다 더 큰 액수의 돈이 모였고, 내 책장에는 예전에는 쳐다볼 일 없었던 종류의 책들이 가득 찼다. 머릿속에는 새로운 생각이 떠올랐고 다양한 직종의 사람들과 만나 기존과는 전혀 다른 주제로 대화를 하고 있었다.

스스로 생의 마지막을 선택하기 위해 스위스에 가기를 택하는 것처럼 어쩌면 우리는 태어나는 것도 선택할 수 있을지 모른다는 생각이 들었다. 매년 1월의 첫날, "New year New you"를 외치면서도 우리는 내내 똑같은 생각,

똑같은 방식으로 살았다. 사람은 절대 변하지 않는다는 말을 방패로 삼고, 돈이라는 것을 무작정 미워하면서.

이렇게 돌고 돌아 다시 돈 이야기를 쓰면서 나는 돈을 매개로 새로 태어났음을 느낀다. 새로운 언어로, 새로운 이야기를 쓰며 새로운 세상과 만나게 되었으니 말이다. 그것이 내가 지난 1년간 돈에 푹 빠져 살 수 있었던 가장 큰 이유였고 견딜 수 있었던 이유였다.

"New day new you!"

스스로 선택한 세상에서 다시 태어나는 기분을 느껴보기를. 스스로를 믿으며.

2020년 10월 부천에서,

김얀

하고 싶은 것을
하기 위해서,

오늘부터
돈독하게

초판 1쇄 발행 2020년 11월 11일
초판 4쇄 발행 2022년 4월 22일

지은이 김얀
펴낸이 강일우
본부장 윤동희
책임편집 이지은
일러스트 최진영
디자인 형태와내용사이

펴낸곳 ㈜미디어창비
등록 2009년 5월 14일
주소 04004 서울 마포구 월드컵로12길 7 창비서교빌딩
전화 02) 6949-0966 **팩시밀리** 0505-995-4000
홈페이지 books.mediachangbi.com
전자우편 mcb@changbi.com

ⓒ 김얀 2020
ISBN 979-11-971989-6-0 03810